퇴사라는 고민

퇴사라는 고민

홍적준 에세이

퇴사와 퇴사 사이에 놓인 당신에게

강연별

PART 2.
고민 속으로

PART 3.
고민이 깊어지며

PART 4.
고민으로 멈춰 서며

거기서 버티고 있는 당신에게

혹시 오늘 아침 출근하기 싫지 않았나요? 설레며 기쁘게 사무실에 도착했다면, 이 책을 펴 볼 필요가 없습니다. 전혀 공감 못할 게 분명하거든요. 만약 하릴없이 무거운 몸과 마음을 챙겨 겨우 자리에 앉았다면 우린 꽤 말이 잘 통할 거예요.

저는 남들처럼 살다 회사에 들어가 10년간 일한 '평범'한 직장인입니다. 제가 '보통'인 이유는 걸어온 길은 물론, 일터로 나가는 기분이 당신과 똑같기 때문입니다. 매일 가기 싫었습니다. 이유는 그때마다 달랐지만 억지로 끌려갔습니다. 신나고 즐거웠던 적이 없지는 않지만, 분명 자발적인 생활은 아니었어요. 간절한 취업의 열망이 무색하게도 입사 후부터는 아무 생각 없이 들락날락하며 받는 월급에 만족하며 지냈습니다. 당장이라도 그만두고 싶어 영혼 없이 오고 갔지만 언제까지 계속해야 할지 몰랐죠.

많은 사람이 퇴사를 원합니다. 또 그만큼 퇴사자가 흔한 시대이기도 합니다. 그럼에도 아이러니한 것은, 버티는 마음으로 회사에 다니는 사람이 더 많다는 사실입니다. 퇴사하고 싶은 마음과 달리 과감하게 뿌리치지 못하는 탓이겠지요. 어쩐지 떠나는 자가 많아질수록 남은 자는 초라해집니다. 뛰쳐나가는 자가 괜스레 멋져 보이고, 뒤에 남겨진 자기 모습이 못나 보이고요. 정작 핵심은 그게 아닌데 말이죠.

우린 왜 남아있고 왜 벗어나지 못하는지 모릅니다. 한 번도 제대로 생각해 본 적이 없으니까요. 지금 하는 일이 내게 어울리는지, 나는 무엇을 좋아하는지, 내일은 어떻게 살고 싶은지. 누가 물어본 적도 없고 스스로 의문을 가져본 적도 없죠. 다들 그렇게 사니까요. 가끔 투덜대거나 욕을 하고 나면, 당장은 시원하지만 결국 남는 건 갑갑함뿐입니다. 다음 날 아침이면 어김없이 출근해야 하니까요. 왜냐하면 우리에겐 카드 값과 갚아야 할 대출금이 남아있기 때문입니다. 이건 남의 일이 아닙니다. 저 역시 저를 돌아볼 여유 없이 출근해야 하는 회사에 질질 끌려다녔거든요.

　우린 삶의 대부분을 일터에서 보내지만, 얼른 빠져나오려고 합니다. 마주하려고 하지는 않지요. 요즘 흔히 이야기하는 '워라밸'도 마찬가지입니다. 쉽게 말해 일과 삶을 완벽하게 분리하기를 바라는 것 같아요. 저도 일이 삶으로 넘어오지 않게 철벽 수비를 꽤 잘했습니다. 퇴근 후엔 휴대폰을 멀리 던져두었고, 주말엔 일부러 업무 연락에 늦장 대응했죠. 제가 더 소중했고 그깟 일은 뒷전이었습니다. 그러다 보니 점점 더 일이 싫어졌어요. 떼어내려고 몸부림칠수록 스치기만 해도 비명이 나오는 지경까지 온 거죠. 문득 이 녀석이 궁금해졌습니다. 자칫하면 영원히 함께해야 할지도 모르는데 똑바로 알아야 하지 않을까 해서요.

　투명하게 남김없이 깨끗이 회사를 바라보고 싶었습니다. 마냥 밀다고 모른 척지 않고 직접 알아보고 판단하기로 했습니다. 회사가 어떤 존재인지, 거기 담겨있던 저는 어떤 사람인지 살펴보기로요. 정말로 그 안엔 미움만 가득한 건지, 배운 점이 눈곱만큼도 없는 건지, 무념무상으로 다니는 게 제일인 건지요. 막연히 "싫다, 싫어!"만 외치는 건 서로에게 좋지 않아 보였습니다. 고맙고 아쉬우면 더 잘해보는 거고, 더는 보고 싶지 않다면 떠나는 방법도 따져보는 거죠. 그저 씩씩대며 마음 꽉 닫고 행동 없는 프로불만러가 되어가는 스스로에 지쳤다고 해두는 게 정확하겠네요.

회사 이야기는 참 많습니다. 회사가 힘들어서 그만둔 사연부터 이를 악물고 버티자는 다짐까지요. 항상 진짜일까 의심되는 일 잘하는 법과 화려한 처세술을 가르치는 충고는 더 많습니다. 그런데 이러지도 저러지도 못하며 고민하는 대부분의 우리가 담긴 이야기는 많지 않습니다. 그 아쉬운 마음을 담아 누구처럼 화끈하지도 확실하지도 않지만 누구보다도 치열하게 망설이는 평범함을 담은 이야기를 하려고 합니다. 우리가 받는 위로는 어쩌면 나와 다른 대단한 사람에게서가 아니라 나와 똑같이 불안한 이에게 받는 게 아닐까 하면서요.

저와 마주한 당신은 여러 마음을 안고 책을 집어 들었을 테죠. 누군가는 이제 막 입사를 준비하며 회사에 대한 궁금증으로, 누군가는 갓 들어가서 회사를 알아가는 답답함으로, 누군가는 이미 오래 힘들고 지쳐 토닥임이 절실해서, 누군가는 과감히 결심하고 지지받고 싶어서. 어떤 상황일지라도 회사와 함께 살아가는 당신과 저는 통해있습니다. 저도 그랬었고, 지금도 그러고 있으니까요. 들어가고 싶어 간절했고, 배우며 기뻤고, 당하면 억울했고, 더러워 그만둘까 고민했죠. 저와 다르지 않은 당신을 생각하며 글을 썼습니다. 회사 이야기를 꺼내면 서로 할 말 많은 친구와 대화를 나누듯이요.

회사에서 10년 동안의 머무름은 무엇을 남겼을까요. 회사원, 직장인이라는 겉모습은 여전히 가장 익숙하고 몸에 맞는 옷입니다. 잘 어울리지만 좋아하지 않는 옷은 사랑받지 못했습니다. 피부처럼 몸에 달라붙어 떼려야 뗄 수 없는 삶의 흔적이라고 할까요. 모른 척하고 싶지만 이미 저의 일부가 되어버린 진한 회사 이야기를 시작합니다.

잘 버티다가도 조금만 틀어지면 빠져나오고 싶은, 그러나 당장 그럴 수 없어 불편한 느낌, 일없이 살 수 없어 끄덕일 수밖에 없는 인정, 하고 싶었지만 하지 못했던, 듣고 싶었지만 듣지 못했던 속마음을 대신 시원하게 외칩니다. "맞아, 맞아." 무릎 치며 가볍게 웃다가도 헤어날 수 없게 빠져들며 무거워지기도 할 거예요. "에이, 정말 더러워서 못 해 먹겠네!"를 한번이라도 외친 동지에게 저도 그렇다고 어깨를 두드리기도 할 거고요. 지나가는 직장인 아무나 붙잡고 시작해도 하루가 모자랄 그런 우리만의 이야기를 듬뿍 담았습니다.

마지막으로 하나 더, 궁금해해도 될까요? 지금 하는 일이 원하고 바라던 일 맞나요? 선뜻 대답이 나오지 않는다면, 이 책이 도움 되길 바랍니다. 저는 덕분에 갈피를 잡았거든요.

그곳에서 10년을 버틴
당신의 동료이자 선배이자 후배가

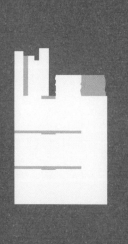

PART 0

고민에
앞서서

회사에 가지 않는 사람의 이로움

같은 일을 두 번 하기 싫어한다. 해야 할 일은 물론이고 좋아서 하는 것도 그렇다. 영화도 책도 한 번 더 보는 일이 없다. TV는 나를 위해 켜지 않기에, 남들이 흔히 즐기는 드라마도 잘 보지 않는다. 이런 내가 한 번도 아니고, 여러 번 보는 드라마가 딱 하나 있다. 아무리 봐도 질리지 않는다. 바로 〈미생〉. 흔하디흔한 회사 이야기다. 뻔한 사람인 내게 익숙한 스토리라서 그런지 감정 이입이 쉽게 된다. 보고 또 봐도, 어떤 장면이라도 그 속에 풍덩 빠져든다. OST 전주만 흘러나와도 기분이 울렁인다. 그

속에 있던 내가 떠올라서, 그때 그 기분이 새어 나와서. 설명하기 어려운 오묘한 감정을 전하는 영상과 음악을 접하는 순간은 중독적이다. 몸을 노곤하게 만들고 기분을 늘어지게 한다. 밋밋했던 온몸의 신경을 살살 자극하며 소름 돋게 만든다. 회사라는 존재는 떠올리는 것만으로도 평범한 나를 쉽게 흔들어 놓는다.

　사실 나는 회사를 좋아하지 않는다. 그토록 원해서 입사했음에도, 처음의 마음이 아니다. 또 필요에 의해서 시작한 관계는 쉽사리 발전되지 않는다. 그럼에도 시간은 무섭다. 함께한 시간이 쌓일수록 예측하기 어려운 방향으로 흘러간다. 살아온 시간 중 가장 오랜 시간을 그곳에서 보냈다. 어느 대상도 이렇게 규칙적으로 살을 맞대본 적이 없다. 한쪽이 기분이 별로거나 준비가 되지 않아도 어쩔 수 없이 만나고 헤어지기를 반복한다. 내 일상에 떡하니 큰 자리를 차지하는 이 녀석을 빼고는 지난 삶을 이야기하기 어렵다. 이로써 내 삶이 들어있는 회사에는 인생이 있다. 사랑, 고통, 기쁨, 슬픔, 즐거움, 분노. 오래된 관계만큼 미운 정 고운 정 빠지지 않고 듬뿍듬뿍 들었다. 만날 수 있고 함께할 수 있어서 행복하기도 했다. 처음의 열정과 애정은 남들 못지않았다. 그러다가도 가끔은 틈만 나면 떠나고 싶었다. 미련 두지 않기 위해 정 붙이지 않으려고 노력도 했다. 괜히 밥벌이 이상의 의미를 두지 않기 위해 애쓰던 때도 있었다. 어떤 마음과 감정으로 마주하더라도 매일 보는 녀석을 무시하긴 어려웠다. 아무리 외면하고 모른 척하려 해도 그곳에는 이미 내가 들어 있었다. 지나온 갖가지 감정이 켜켜이 쌓여있었다. 유일하게 좋아하는 드라마의 주제가가 울려 퍼지면 마음이 술렁였다. 그곳이 나이기도 해서 그랬나 보다. 오래된 앨범에서 잊었던 사진을 보며 추억을 꺼내는 기분이라서. 기억을 꺼내면서 그때의 마음을 다시 느끼느라. 다른 사람의 것은 느끼기 어렵지만 내 것은 쉽게 닿을 수 있으니까. 그렇게 회사는 또 하나의 나임을 매번 깨끗하게 깨달았다.

*

지금은 아빠로 지낸다. 글을 쓰고, 책도 내면서 작가라는 이름을 얻었다. 아빠니, 작가니 해도 어쩐지 어색하다. 요즘 말로 '본캐'가 아닌 기분이다. 회사원, 직장인, 월급쟁이라고 해야 딱 들어맞는다. 10년 넘게 그렇게 지내왔기 때문일 것이다. 글을 쓰면서 본캐 이야기는 모른 척 해왔다. 오래 지난 시간으로 이미 충분해서 굳이 다시 떠올리기 싫었다. 그때의 나는 내가 아니라며 피해왔다.

지금 쓰는 글과 그곳은 완전히 다르다고 여겼다. 현실에 때 묻은 속세의 상징은 글에 어울리지 않아 보였다. 성스럽고 깨끗해야 할 글과는 함께 할 수 없다고 믿었다. 순수한 글로 더러움을 적는다는 것을 엄두도 내지 못했다.

그런데 쓰면 쓸수록 공허했다. 나를 쓰며 내가 되고자 하는데 뭔가 빠져 있었다. 바로 어제도 정해지지 않은 일정이지만 빼먹지 않고 그 드라마의 삽입곡을 듣고 있었다. 먹먹하니 무언가 떠올랐다. 턱 하니 마음속에 걸리는 게 있었다. 숨겨놓은 진실과 마주한 순간이었다. 터질 듯이 뿜어져 나오는 그곳의 이야기를 써야 했다. 더 이상 본캐를 외면해서는 내가 될 수 없었다. 제대로 마주하고 이해해야 했다. 안에서 요동치는 수많은 꿈틀댐이 도대체 무엇인지 꺼내 바라보며 대화하고 싶어졌다. 맨살로 부딪쳐야 정확히 알 수 있기에 쓰기로 했다. 내 본모습에 대해서.

회사 이야기를 시작하려는 나는 회사에 다니지 않는다. 정확히는 출근하고 있지 않다. 멀리 떨어져 쉬고 있다. 그곳에 있을 때 가장 자주 꿈꾸던 생활을 하고 있다. 출근 안 하고 푹 쉬고 싶은 생활, 바로 휴직 중이다. 안 해본 사람은 죽을 때까지 알 수 없을 휴직의 매력에 빠졌다. 휴직이라는 말은 완결적이지 않다. 그 쉼에는 끝이 있기 때문이다. 늘어짐이 끝나면 결정해야 한다. 당연한 돌아감이 정답으로 정해진 듯하지만 꼭 그렇지는 않다. 원래 있던 자리에 복귀하는 하나의 길만 보였던 처음과는 달라졌다. 돌아가지 않고도 살아갈 수 있는 또 다른 길이 있음을 알게 되었다. 회사만 알던 내가 쉬면서 깨달았다. 회사 밖은 내 인생이 아니라고 믿었는데 그 밖도 여러 삶이 있었다. 밖에서 바라보는 회사 안의 아웅다웅, 일희일비가 오히려 귀여워졌다. 이젠 그곳이 전부가 아니라는 걸 알아버렸다.

휴직이라는 경계선에 서서 양쪽에 발을 걸치고 있다. 걸치기 전 시절에는 출·퇴근을 당연한 일생의 일상으로 여기고 살았다. 나라고 월급쟁이 신세에 얽매이기 좋아해서 그랬을까? 아니다. 생계 수단의 현장이라고 열심히 폄하도 했다. 결국 먹고살기 위해 염치없이 매번 돌아갔지만. 우리가 하는 일의 의미를 부정하고 가치 없다고 하는 게 아니다. 어떤 일이든 내가 아닌 남에게 속해서 하는 게 싫다는 말이다. 일하는 순간은 즐겁다. 무언가 고민하고 해내는 과정은 부정할 수 없는 우리의 성장이다. 그런 일을 사랑하고 즐겁게 하고 싶을 뿐이다. 일과 무관한 타인의 평가, 타인과의 관계, 타인이 주는 압박에서 자유롭고 싶다. 그냥 일만 하고 싶은 게 모든 직장인의 꿈이 아닐까? 누가 시켜서 하는 일, 누가 원해서 하는 일, 누가 돈 주니까 하는 일. 모두 싫다. 거기에 따라오는 이유 없는 부담과 먹고사니즘에 대한 절박이 싫다. 싫은 게 너무도 많지만 그래도 버티고 있어야 하는 사실이 제일 싫다. 살아가려면 돈을 벌어야 하고, 아는 돈벌이라곤 회사밖에 없으니까.

*

　본격적인 고민이다. 안쪽은 누구보다 잘 알지만 이 경계의 바깥은 아직 모른다. 휴직으로 발끝만 담가보았지만 턱도 없을 테다. 휴직과 퇴직은 분명히 다를 것이다. 휴직이 끝나면 하고 싶은 일이 무엇인지 상상해본다. 앞으로 해나갈 일이 원래의 직장에서 하던 일인지도 꼼꼼히 따져본다. 누가 시원하게 알려주고 정해주면 좋겠지만, 그럴 수 없다는 것을 깨달았다. 처음 맞이한 인생의 쉬는 시간은 그것만큼은 정확히 알려줬다. 삶의 모든 고민은 스스로 찾아내고 정해야 한다고. 차라리 잘 되었다. 지금 이렇게 멈춰 있을 때 숨을 고르며 차분히 이쪽과 저쪽을 면밀히 살펴볼 수 있어서. 그 안에 있을 때는 기회도 없었고 자세도 갖지 못했다. 쉬지 않고 욕만 해댔지, 대안이나 해결책을 찾아보지 않았다. 감정적으로 휘둘리기만 했고, 차갑게 바라본 적이 없었다. 거리를 두고 떨어져 있어 보니 나아졌다. 조금은 더 객관적으로 상황을 그려보고 스스로 묻고 답하게 되었다.

정확히 중간에 서 있다. 어느 쪽으로든 택할 수 있다. 지금의 위치에 만족하면서 지난날의 나와 그곳을 돌아보고자 한다. 잠시 잊고 지내던 묵묵히 속해있던 시절의 나를. 그러면서 가보지 않은 보이지 않는 바깥도 바라보려 한다. 어디로 향할지 정해야 하는 시점을 준비해야 한다. 다시 돌아가야 하는지 이대로 남아 다른 곳으로 가야 하는지 의문이 생겨난다. 걱정과 고민, 모두 지금 하기에 딱 좋다. 회사에 다니지 않는 사람으로서 회사를 돌아보기에 걸맞다. 나는 회사에 다녔었다. 앞으로도 다닐지 아직 모르겠다. 이 글들의 끝에는 마음의 결정이 서 있기를 바란다.

PART 1

고민의
시작

이미 정해진 회사원

내가 가야 할 곳은 이미 정해져 있었다. 꾸역꾸역 학창 시절을 마치고 나면, 꼭 거기에 가야 했다. 고등학교를 마치고 대학에 가듯 당연했다. 다른 고민을 하지 못해 불편하거나 괴롭지 않았다. 정해진 길을 걷는 건 오히려 편안했다. 나 외에도 대부분 가려는 방향이 같았기에 외롭지도 않았다. 그렇게 모두 '회사'로 향했다. 마치 그것 말고는 다른 길이 없는 것처럼 대열을 맞춰 나아갔다. 거대한 물결 속에 한 방울로 머문다는 사실은 꽤 안정감을 주었다. 다들 그렇다는 분위기는 이 방향이 맞는다고 인정해주며 안심하게 했다. 그 포근함 속에서 한 치의 의심도 하지 않았다. 원래 내가 되고 싶은게 회사원이라고 굳게 믿었다.

회사는 어릴 적부터 익숙한 장소였다. 가장 가까이에 있는 직업이 회사원이었다. 같은 집에 사는 아버지가 그곳에 다녔다. 첫 직장에서 정년퇴임을 하신 그분은 회사원이었다. 다른 곳에 한눈팔지 않고 오랜 기간을 출근하고 퇴근했다. 기억이 틀리지 않다면 단 하루도 거르지 않았다. 그 흔한 조퇴나 지각도 없었다. 그런 아버지를 지켜보고 자라면서 나중의 내 모습을 가늠해보았다. 아는 직장은 아버지 회사 하나였고, 아는 직장인은 회사원 아버지 한 명이었다. 다른 일은 몰랐다. 아는 세상이 전부이기에 자연스럽게 나도 회사원이 되는 것으로 알았다. 사회에 나가는 방법은 회사에 다니는 것뿐이라고 여겼다. 가질 수 있는 직업은 그것뿐이었다.

나처럼 가까이에서 회사원만 보고 커온 사람이 많아 보인다. 그렇지 않고서는 회사원이 이렇게 넘쳐날 수가 없다. 모두 원래부터 회사원이 될 것으로 예정되었던 양, 회사를 축으로 하는 이야기가 많다. 회사에 들어가기 위해 애쓰는 힘겨운 취준생, 회사에 다니면서 쏟아내는 불만, 회사에서 나오고 나서 훈련해하는 퇴사. 어쩌면 회사라는 곳을 한 번쯤은 꼭 들어가야만 우리 인생이 굴러가는지도 모르겠다. 누구든 회사원이 되어야만 일생의 과제를 하나 지울 수 있는 것 같다. 마치 버킷 리스트를 하나 지우듯이. 수많은 회사 이야기에 나까지 나서서 비슷비슷한 사연을 하나 더 보태 본다. 애매한 휴직자라는 신분이 조금은 눈에 띄려나? 그래 봤자 대세 따르기에 특화된 내 인생은 특별하지 않다. 너도나도 겪었던 그저 그런 이야기다. 회사에 속한 일원이 되기 위해 몸부림쳤던 그때 그 시절이 그랬다.

*

군 제대 후 복학해보니 친구들이 도서관에 있었다. 도서관은커녕 전공 책도 쳐다보지도 않던 녀석들이었는데. 안 어울리는 장소에 어색한 사람들이 앉아서 끙끙대고 있었다. 왜 그러느냐고 물어보니 의사가 되려고 한다고 했다. 한창 '의학 전문대' 열풍이 불던 때라 거기에 올라타려고 한다나 뭐라나. 우리 학부에서 배우는 생물, 화학 과목이 큰 도움이 된다는 설명도 덧붙였다. 나는 묵묵히 들은 뒤 그저 열심히 공부하라는 말을 남기고 돌아서 나왔다. 어떤 친구는 고민하다가 곧 그들과 같이 도서관에 다니기도 했다. 물론 나는 조금도 고민하지 않았다. 점수로 맞춰 온 대학 전공이었기에 좋아하지도 않았고, 잘할 자신도 없었다. 전공 공부는 학점을 따기 위한 수단을 넘은 적이 없었다. 도서관에 없는 다른 친구들은 연구실이나 실험실에 있었다. 상상하기에도 너무 먼 '석사', '박사'를 향한 움직임이었다. 신입생 시절 하루가 모자랄 정도로 같이 놀고먹고 마시던 친구들이 맞나 싶었다. 아무리 생각해봐도 공부는 싫었다. 내가 하던 공부는 항상 억지스러웠고 이미 충분했다. 선택할 수 있다면 하고 싶지 않은 게 공부였다. 마음이 떠났기에 돌아보지 않았다. 향할 곳은 도서관, 연구실, 실험실이 될 수 없었다. 그렇다고 계속 놀 수는 없었다. 다시 정신을 차리고 원래의 이미 정해진 목표로 눈을 돌렸다. 회사에 들어가기로 했다.

가야 할 회사를 고르는 건 간단했다. 전공과 상관없는 '전공 불문'만 찾아다녔다. 대학에서 공부한 것과 멀어질 수만 있으면 뭐든 좋았다. 마냥 싫어서라기보다 자신이 없었다. 전공을 들이대며 해야 하는 일은 잘할 수 없었다. 누구나 똑같은 출발점에서 시작하는 일을 하고 싶었다. 아무나 할 수 있다면 나도 할 수 있겠다는 자신감이 있었다. 회사원이 되고 싶었지만, 회사에 대해 아는 게 없었다. 어디가 크고 작은지도 몰랐다. 백화점이나 마트에서 구매하는 상품에 새겨진 이름이 내가 아는 회사의 전부였다. 모르는 건 들어가서 배우면 된다는 생각이 컸다. 그래서 어디라도 좋으니 날 좀 데려가 달라는 마음으로 지원서를 지겹도록 써댔다. 지치지 않게 써댄 덕분에 서류전형에 통과해 면접을 볼 기회가 생겼다. 어려움 없이 살던 나에게 될 때까지 하면 된다는 진리를 처음 알려 준 순간이었다.

면접 당일 아침 바로 면접장으로 향하지 못하고 근처 PC방으로 갔다. 도무지 어떤 회사인지 몰라 불안했기 때문이다. 홈페이지에 접속해서 소개와 홍보자료를 읽었다. 아는 글자였지만 이해할 수 있는 게 적었다. 더이상 들여다보는 건 시간 낭비인 듯하여 인쇄물을 주섬주섬 챙겨서 면접장으로 향했다. 그날 그곳에서 신기한 사람들을 만났다. 네이버 지식인에서나 볼 법한 대단한 정보와 학식을 가진 분이 많았다. 도대체 어디에서 알 수 있는 건지 궁금해하며 스스로의 부족한 검색력을 탓했다. 홈페이지에서 대충 본 내용을 꺼낼 기회는 좀처럼 오지 않았다. 같은 지원자 신분이었음에도 그들의 이야기를 귀 기울여 들었다. 내 주변엔 왜 이런 사람들이 없을까 하며 아쉬워했다가 '아, 내가 그렇지 못하니까 없구나.' 하고 깨달았다. 엉뚱한 생각은 계속되었고, 면접은 신세계 같은 분위기로 이어졌다. 조별 과제를 제시하기도 하고, 개인 미션을 주기도 했다. 발표를 시키기도 했고, 토론을 해보라고도 했다. 한국인 면접관이 나가고 외국인이 들어오기도 했다. 영어 토론 면접이라며 한 사람씩 영어로 묻고 답하게 했다. 그 과정에서 내가 할 수 있는 건 그리 많지 않았다. 임기응변과 순발력, 그리고 유머가 내가 보일 수 있는 전부였다. 머릿속에 든 것으로는 그 자리에 있는 그 누구도 당해낼 수 없었다. 호랑이 굴에 빠진 듯 정신만 붙들고 있었다.

*

　기적이 일어났다. 분명히 합격이라고 했다. 호랑이 굴에서 살아난 사람이 나라고 했다. 애초부터 기대를 내려놓았던 터라 솔직히 제법 놀랐다. 역시 가장 재미있는 순간은 결과론적 해석의 시간이라는 생각이 들었다. 저절로 지난날이 미화되기 시작했다. 될 것을 알고 있었다는 미친 생각도 들었다. 모든 순간을 돌이켜보니 내가 말할 때마다 면접관이 많이 웃었다. 남들과 다르게 할 수 있는 건 위트 있고 센스 넘치는 말투뿐이었다. 그때 합격을 확신하게 된 장면이 떠올랐다. 영어 면접 질문 중 하나였다. "인생에서 가장 기억나는 날은 언제인가요?"라는 질문을 받은 순간부터 답을 정했다. 일부러 제일 마지막에 대답했다. 다른 친구들은 어디서나 들을 수 있고 누구나 고개가 끄덕여지는 소중한 날을 수려한 영어로 전했다. 내 차례가 되자 숨도 쉬지 않고 말했다. "바로 오늘입니다. 이 회사에 입사할 기회를 얻은 면접 날이 제겐 가장 기억나는 날입니다."라고. 다른 면접자들이 나를 째려보는 게 느껴졌다. 나는 굴하지 않고 뻔뻔하게 덧붙였다. "절대 립 서비스가 아닙니다." 외국인 면접관도 웃고 말았다. 결정적인 순간이었다는 믿음은 그저 나의 추측일 뿐이다. 그것이 아니라면 도저히 합격을 이해하기 어려웠다. 주변에 미스터리한 일이 많았지만 이에 비할 바는 아니었다. 두 달의 인턴 과정을 거쳐 최종면접을 맞이했다. "오늘 서울에서 피자가 몇 판 팔렸나요?"라는 질문에 휘청이기도 했지만 버텨냈다. 결국엔 지금 내 회사가 돼버린 그 회사에 들어갔다. 아, 신기하게도 면접에서 만났던 지구 최고 지식인은 어디에도 없었다. 천만다행으로 회사가 원하는 사람은 백지 같은 나였나 보다. 회사는 들어오기 전부터 알 수 없는 일을 많이 던졌다. 이곳은 원래 이렇게 알기 어려운 것 투성이인가 싶었다.

입사가 확정되고 보니 그동안 달려온 모든 시간이 이 날을 위한 듯이 느껴졌다. 꼭 되어야 한다고 믿었던 회사원. 나는 드디어 그 회사원이 되어 있었다. 정말 되고 싶어서 그곳에 와 있다고 여기며 자연스러워지고 싶었다. 이게 원래 내 인생의 길인 것처럼. 다른 생각하지 않도록 스스로 설득하기도 했다. 넌 회사원이 딱이라고. 이게 적성에 맞는다고. 우스운 건 그때까지도 회사원이 도대체 무언지 몰랐다. 남의 돈을 받고 일한다는 게 어떤 의미인지, 같은 처지인 사람들과 어떤 관계인지. 모르는 것을 모른다는 사실도 몰랐기에 그땐 별 상관이 없었다. 어쨌든 한 과정을 성공적으로 마친 기분은 끝내줬다. 더 이상 입사원서를 쓰지 않는 것만으로도 충분히 행복했다. 뽑아주고 선뜻 받아준 회사 문을 열고 들어섰다. 막연했지만 당연했던, 그리고 이미 오래전부터 정해져 있던 그 자리에 위치했다. 그렇게 회사원이 되었다.

<복직과 퇴직의 저울>

처음 그때를 떠올리면 아직도 어안이 벙벙하다. 도대체 어쩌다 나를 뽑았는지 궁금하다. 남들보다 못하다는 게 아니라 이유가 알고 싶다. 그 이유를 영원히 모르더라도 내가 느꼈던 고마움과 소중함은 특별하게 남는다. 이때의 기쁨과 희열은 인생에서 높은 순위를 차지한다. 가슴 뛰는 그 순간을 돌아보면, 그곳으로 다시 돌아가는 마음에 손을 들어주게 된다.

※ 글 하나를 마칠 때마다 복직과 퇴직의 저울로 내 마음을 재보려고 한다.

회사원이 되기 전에 배워야 할 것

입사하기 전에는 일을 해본 적이 없다. 돈을 받고 하는 일을 안 해본 건 아니었지만 내가 기대하던 회사의 일은 좀 더 고고했다. 입사를 앞둔 나에게 '회사 일'은 무언가 그럴듯했다. 그동안 영상으로만 허락되었던 그곳이 풍기는 특별한 분위기가 있었다. 진지하고 중요해 보이는 장소에서 다루어지는 일의 무게감이 있었다. 정확한 실체를 모른 상태로 애먼 느낌적인 느낌만으로 회사에 들어가게 되었으니, 그 웅장한 일을 잘 해낼 거라는 막연한 확신만이 나를 감쌌다.

일하러 바로 갈 수 없었다. 아직 준비되지 않았다는 판단이었다. 어쩌면 당연했다. 아무것도 모르는 나에게 일을 줄 순 없었다. 무지한 나는 최소한의 것을 배워야 하는 상태였다. 공부가 싫어 회사를 택했지만, 이곳도 예외는 아니었다. 배움이 없는 자에게는 일할 권리를 주지 않았다. 일하기 위해서는 학습이 필요했다. 몇 달간의 유예기간이 주어졌다. 입사 첫날부터 일하러 사무실로 가지 못한 것이다. 신입사원 교육을 받기 위해 연수원에 들어가야만 했다.

첫 느낌은 '이상함'이었다. 그곳에 있는 친구들은 따로 배울 필요가 없어 보였다. 이미 일에 대해 알고 있었고, 바로 가서 일해도 이상하지 않을 것 같았다. 백지상태의 나에겐 그랬다. 나만 빼고 미리 자료를 나누어 준 것처럼 하나같이 아는 것이 많았다. 똑똑하고, 뛰어났다. 어디서 이런 친구들을 한곳에 모아놓았을까 싶을 정도로 바라보는 매 순간 신기했다. 놀라움과 감탄을 얼굴에서 지우기 위해 애쓰며 다녔다. 남아있던 마지막 자존심이 그것만은 허락하지 않았기 때문이다. 속으로는 수없이 우러러보았지만 드러내지는 않았다. 함께하고 어울리는 내가 어색하기 짝이 없었다. 합격 소식 후 등장했다가 풀리지 않고 사라졌던 의문이 다시 고개를 들곤 했다. '이 회사는 대체 나를 왜 뽑았을까?' 어느 조직을 가도 모두가 뛰어날 수는 없다. 2:8 파레토 법칙처럼 결국 이끌고 성과를 내는 건 일부 앞선 자의 몫이다. 그러려면 그들 뒤에 서서 빛내주는 역할의 병풍이 필요하다. 배경의 비중을 채우기 위해 여기 있는 게 아닐까 하는 결론을 이따금 내렸다. 그만큼 끝내주는 친구들이 가득했다.

분명 배우는 기간이라고 했다. 내게 배움이란 일방적으로 정보를 내려받는 것이었다. 그곳의 배움은 달랐다. 책상머리에 앉아서 말과 글로 풀어낸 것을 머리에 넣는 방식이 아니었다. 듣고, 읽고, 쓰고, 기억하는 원래 알던 학습의 과정은 극히 적었다. 나의 머릿속을 꺼내 보이고, 나누는 것이 배우는 과정이라고 했다. 하나를 배우면 열을 쏟아내야 했다. 혼자보다는 여럿이, 시험보다는 발표를 해야 했다. 처음 겪는 기이한 상황에 당황했다. 그동안 가져왔던 가치관의 삐걱거림은 나만 겪는 듯했다. 다른 이들은 조금의 엇나감 없이 즐기고, 잘 어울렸다. 거리낌이 없었고 망설임이 없었다. 처음 접하는 것에 대한 두려움이 없었다. 조금만 변해도 온몸에 두드러기가 날 지경인 난 늘 믿을 수 없었다. 모두 나와 전혀 다른 곳에서 자라난 거라고 믿고 싶었다. 그렇지 않다면 끝없이 동떨어진 느낌을 설명할 수 없었다.

　이제까지 주변에 특별히 다른 사람이 없었다. 항상 고만고만한 테두리 안에서 비슷비슷한 녀석들과 지냈다. 혹시 튀는 놈이 있더라도 그와는 어울리지 않았다. 모두 좁은 예상안에서 흘러갔고, 누가 조금 더 노력하느냐의 차이 정도가 있을 뿐이었다. 그 간극조차도 굳이 따져보지 않으면 알 수 없었기에 티가 나지 않았다. 그런데 예상을 모조리 뛰어넘는 사람을 한꺼번에 만나니 정신을 차릴 수 없었다. 동일선상에서 시작해서 배워나가는 게 아니라, 이미 아는 것과 가진 것을 뽐내는 자리 같았다. 그 안에서 내가 하는 노력은 배움에 있지 않았다. 때때로 차오르는 열등감과 소외감을 티 내지 않으려고 애썼다. 일을 배우는 과정은 기대와 너무도 달랐다. 회사의 일을 몰랐기 때문에 다르다는 표현이 틀렸겠지만, 이런 건 아닐 줄 알았다. 정확하게 무엇인지는 몰라도 내가 해낼 만한 것일 줄 알았다. 내 옆의 그들이 해내는 모습을 보면서 두려워졌다. 내가 회사에 가서 진짜 일을 할 수 있을까? 이런 친구들, 그리고 이들보다 더 대단한 사람이 가득한 그곳에서 제 몫을 할 수 있을까?

그곳에서의 기간은 짧지 않았다. 두려움을 가득 안고 나올 만큼 길었고, 스스로 변화가 필요하다고 깨닫기에도 충분한 시간이었다. 입사교육의 원래 목적이 그랬는지는 모르겠다. 세상이 넓고 기발한 사람이 널려있음을 체험했다. 그동안 모르고 살았던 부족함을 배웠다. 가혹한 현실을 느끼는 게 이 시간의 의도였는지도 모르겠다. 어쨌든 그 안에서 이런 것들을 느끼고 알아갔다. 뛰어난 그들과 같은 곳에서 일해야 한다는 압박은 효과적인 동기부여였다. 모르고 살았다면 지금이 전부인 것처럼 지냈을 나였다. 스스로 아무것도 아니라는 것을 알게 된 깨달음은 큰 충격이었다. 원래부터 이걸 배우라고 보냈고, 회사 일을 하는 데 도움이 되어서 보낸 건지 알 수 없었다. 계획이 무엇이었든 내가 배우고 나온 것은 그게 다였다.

*

아, 한 가지 더 귀한 것도 배웠다. 바로 '사랑'이었다. 교육 중 독특한 기간이 있었다. 같은 그룹 계열사 신입사원과 함께 지내는 그룹 연수였다. 아침 일찍 산속 깊은 곳에 자리 잡은 연수원에 도착해서 배정받은 방으로 짐을 들고 들어섰다. 그런데 아무리 봐도 여성으로 보이는 사람이 나보다 먼저 들어와 있었다. 며칠을 머물러야 하는 일정인데, 남녀가 함께 지낸다고 생각하니 좀 이상했다. 어색함을 어떻게 호감으로 바꿀 수 있을까 재빨리 머리를 굴렸다. "역시 깨어 있는 회사네요. 이렇게 남녀가 한곳에서 지낼 수 있다니요." 신혼여행 첫날밤에나 나올법한 정신 나간 말을 듣고, 그녀는 멍하니 나를 바라봤다. 당황한 그녀는 뭔가 단단히 잘못되었다 싶어서 황급히 밖으로 나갔다. 이대로 둘이 있다간 큰일 나겠다 싶어서였는지도 모르겠다. 불행하게도 방 배정 명단에 착오가 있었다. 그녀는 서둘러 짐을 챙겨 나갔고 그 방은 거무튀튀한 남자들로 채워졌다. 이때부터 나의 눈과 귀, 머리와 마음은 모두 그녀만을 향했다. 결국 그룹 연수는 내게 아무것도 가르치지 못했지만, 지금 내 옆에 있는 파랑과의 운명적인 첫 만남을 선사했다.

생애 가장 짧게 느껴졌던 그 시간은 순식간에 끝나버렸다. 다시 각자 회사의 신입사원 교육으로 돌아갔다. 언제 다시 볼 수 있을지 모르는 헤어짐이 분명했다. 하라는 공부는 안 하고 열중했던 사랑에 대한 연구와 탐구는 효과가 있었다. 샘솟는 용기 덕분에 다시 파랑을 만날 수 있었다. 그때부터 우린 지금까지 함께 있다. 이제야 웃으며 이야기하지만, 파랑은 그때의 내가 너무 싫었다고 한다. 내 딴에는 어떻게든 친해지려 했던 모든 노력이 그렇게 기분이 나빴다고 한다. 사랑을 알기 전 서툴렀던 몸짓과 발짓은 충분히 그랬을 것 같다. 성과주의자로서 어설픈 과정까지도 성공적인 사랑의 배움이었다고 믿는다. 지금까지 우리가 그 사랑을 하고 있기에.

*

회사 일을 시작하기도 전에 나 자신의 모자람과 뜨거운 사랑을 배웠다. 아마 신입사원 교육을 기획했던 담당자들이 알았다면 놀라지 않았을까? 원하는 것을 전하지 못한 첫 교육은 마지막 단계만을 남겨두고 있었다. 바로 부서 배치였다. 출근하는 곳이 정해지는 순간이었다. 내가 지원한 부문의 조직은 전국으로 퍼져있었다. 서울이 아닌 지방으로 배정받을 수 있다는 말이었다. 지원할 때부터 이미 정해진 사실이었다. 모두 입사 면접에서 어디서든지 일할 수 있냐는 질문에 그렇다고 대답했을 테다. 그럼에도 불구하고 동기들은 하나같이 서울을 원했다. 지내온 삶의 터전이기도 했고, 중심에서 사회생활을 시작하고 싶어 했다. 물론 나도 그랬지만 이유는 좀 달랐다. 서울에서 근무하는 파랑을 계속 만나려면 근처에 있어야만 했다. 겨우 마음을 열고 있는 파랑은 단호했다. 장거리 연애는 하지 않겠다고.

피 말리는 배치 면담이 시작되었다. 대기실로 큰 소리가 계속 흘러 들어왔다. 상황을 살펴보니 서울에 남지 않으면 절대 안 된다는 동기들과 보장할 수 없다는 인사 담당자 간에 오고 간 언쟁이었다. 거의 막바지의 내 차례가 되었다. 슬쩍 눈치를 보니 인사 담당자는 이미 녹초가 되어 있었다. 단도직입적으로 내게 물었다. 당신도 서울에 남지 않으면 안 되냐고. 그때 떠오르는 솔직한 생각을 말했다. "입사 면접에서 이야기했듯이 전 어디 가도 잘할 자신이 있습니다. 다만 어떤 기준이 있는 상황에서 제가 그것을 충족해서 고를 수 있다면 전 서울에 있고 싶습니다." 말을 마친 순간 환해진 그분의 표정을 난 놓치지 않았다.

얼마 뒤 부서 배치 발표가 났다. 서울로 배정받았다. 실망과 안도가 뒤섞인 그 순간 오해를 많이도 받았다. 무슨 백이 있는 거 아니냐고. 내게 그런 게 있을 리가 없었다. 그저 솔직했을 뿐이었다. 억지를 부리지도 않았고 강요하지도 않았다. 이것도 혼자만의 추측에 불과했다. 입사했을 때와 마찬가지로 또 하나의 영원히 모를 일이 벌어진 셈이었다. 파랑은 적잖이 놀라워했다. 단순히 기뻐하는 눈치는 아니었다. 무슨 재주를 부려서 서울에 남게 되었는지 신기해하는 쪽에 가까웠다. 나도 모르는 걸 남에게 설명할 수는 없었다. 드디어 회사에서 일하기 전까지의 시간이 끝났다. 진짜 일하러 갈 때가 되었다. 여전히 회사의 일은 몰랐지만, 어쩐지 부딪혀 볼 자신이 생겼다.

<복직과 퇴직의 저울>

삶에서 변화를 요구받는 순간이 가끔 찾아오는데, 나와는 확연히 다른 멋진 친구들을 가까이서 보고 느낄 수 있었던 그때가 내겐 그랬다. 또한 인생의 한 축인 파랑을 만난 그 시절을 어찌 잊을 수 있을까? 모자람과 사랑을 배우던 장면의 회상은 날 설레게 만든다. 그리고 강력하게 느낀다. 군대는 두 번 못가도 회사는 두 번 들어갈 수 있다고. 처음의 뜨거운 열정이 아직도 내 안에 남아있기 때문 아닐까.

그저 그런 회사의 첫 풍경

　다행히 회사에서 마주한 첫 번째 일은 익숙한 녀석이었다. 바로 쏟아지는 '졸음 참기'. 원래부터 조는 데는 일가견이 있었다. 엉덩이로 대충 자리를 잡으면 곧장 졸음이 쏟아지게 만드는 재주를 가졌다. 학교 수업 시간은 내게 조는 시간이었다. 대학교 강의실에서도 도서관에서도 내 방에서도 자세를 잡으면 늘 졸았다. 적절한 진동과 소음이 더해지는 이동 수단은 잠을 좀 더 즐기기 쉬운 장소였다. 버스, 지하철, 차 어디든 타기만 하면 저절로 눈이 감기고 고개가 끄덕여졌다. 심지어 절

대 졸면 안 되는 처음 앉은 운전석에서도 지겨운 고속
도로 덕분에 졸고 말았다. 속수무책으로 당하고만 있진
않았다. 눈을 뜨고 있어야 할 시간이 필요했던 고3 시
절에는 물파스를 이용했다. 처음에는 눈이 번쩍 뜨였지
만, 사용이 반복될수록 그마저도 소용이 없었다. 적응
해버린 두 눈덩이는 오히려 시원하다며 더 쉽게 졸았
다. 가장 효과적인 방법은 허벅지 안쪽 꼬집기였다. 오
랜 시간 시도 때도 없이 졸아대며 아프게 한 덕택에 허
벅지 부근 살은 늘 퍼렇게 멍들어있다. 점점 단련되면
서 아픈 정도가 줄어들어 걱정이 많았다. '여기도 안 되
면 이제 몸 어디를 괴롭혀야 하나.' 하면서.

　　첫 출근 후 자리에 앉았다. 얼마 지나지 않아 익숙하
고 반가운 녀석이 찾아왔다. '아니야. 우리가 굉장히 친
하지만 여기서는 안 돼.' 가차 없었다. 고개는 신나게 리
듬을 타며 아래로 떨구어졌다. 돌아보면 나름대로 핑계
는 많았다. 내 일이 없으니 할 일이 없었다. 아는 게 없
으니 머리 굴릴 일이 없었다. 불러주지 않으면 움직일
일이 없었다. 말 걸어주지 않으면 말할 일이 없었다. 아
무것도 하지 않고 앉아 있으니 친구라곤 졸음밖에 남지
않았다. 나 빼고 다들 바빴는데 나는 그렇게도 졸렸다.
사회에 나와서도 잊지 않고 찾아주는 그 친구가 야속했

다. 첫 사무실에 오기 전에도 곁을 지켰었다. 신입사원 교육 때도 늘 함께했다. 영향력이 컸는지 앉았던 자리 주변은 언제 어디서나 눈을 감고 있기로 유명했다. 심지어 사장님이 오셨던 시간에도 변함없이 졸았다. 회사에 발을 디딘 후에도 꾸준히 함께했던 졸음. 출근해서 마주한 내 첫 번째 과제가 오랜 친구에게서 벗어나기였다. 여기까지 따라올 줄은 미처 몰랐다.

출근 후 며칠 지났을 때, 한 선배가 내게 말했다. "집이 좀 사나 봐?" 충분히 던질 수 있는 질문이었다. 외모나 행실을 보고 하는 말은 아니었다. 언제 어디서나 잠을 청하는 당당한 모습을 보고 던진 핀잔이었다. 결정적으로 팀 외부 사람과의 회의에 참여했을 때도 졸고 말았다. 이걸 본 선배가 '이 녀석은 세상에 걱정이 없는 친구구나.' 싶어서 건넨 이야기였다. 당장 회사를 나가도 먹고 살 염려가 없으니 이렇게 허구한 날 눈 감고 있을 수 있다고 여겼던 거다. 정신이 번쩍 들었다. 잘못하면 쫓겨날 수도 있겠다는 불안이 엄습했다. 졸음 친구에게 우리가 처한 냉정한 상황을 설명했다. 더는 졸 수 없었다. 친구를 겨우 집으로 돌려보내면서 조금씩 정신을 차렸다.

*

정신이 맑아지면서 주변이 보이기 시작했다. 바로 앞 책상 바닥만 보고 있던 시야가 점점 넓어졌다. 잠이 깨면서 본격적인 관찰을 시작했다. 회사의 첫 풍경이 눈과 귀에 들어왔다. 가장 먼저 서로를 부르는 소리에 관심이 갔다. 이름 뒤에 붙는 독특한 호칭이 있었다. 굉장한 느낌을 주는 단어 '매니저'를 사용했다. 'Manager'는 관리자라는 뜻이다. 말단 사원부터 모두가 관리자일 수는 없는 노릇이다. 아마도 자기 일을 책임감 있게 다루라는 의미가 있겠거니 짐작했다. 이제 막 회사에 들어온 나도 매니저였고, 오래 근무한 분도 매니저였다. 팀장을 제외하고 서로 같은 호칭을 쓰며 수평적인 문화를 추구했다. 이상적으로 보였다. 나이, 연차 상관없이 상호 존중하라는 취지가 훌륭했다. 곧 이상함을 눈치챘다. 분명히 같은 호칭으로 부르나 어감이 달랐다. 'ㅇㅁㅁ 매니저님'은 후배가 선배에게 쓰는 경우였다. 'ㅇㅁㅁ 매니저' 또는 성만 붙인 'ㅇ 매니저'는 선배가 후배에게 쓰는 경우였다. 선배들이 날 부르는 것과 내가 선배를 부르는 그것에는 차이가 있었다. 결국 위아래가 여전히 존재했다. 똑같은 호칭을 사용했지만, 그 안에는 여전히 직급과 나이가 숨어있었다. 놀랍고 신기했다. 이런 눈 가리고 아웅을 다 큰 어른들이 모르는 체하고 있는 상황이. 취지와 의도는 이해했지만 효과는 눈에 띄지 않았다. 호칭은 입사 이후 지금까지 계속 바뀌고 있다. '매니저-님-영어 이름-다시, 님' 돌고 다시 돈다. 뭐 하나 제대로 된 효과가 없기 때문에 반복되는 거다. 한 가지 깨달은 것은 그저 호칭의 변화만으로는 수평적인 문화를 가져올 수 없다는 사실이었다. 이상한 연극을 처음 목격했던 신입사원은 입에 잘 붙지 않는 매니저를 혼잣말로 되뇌며 연습해야 했다.

회의 시간만 되면 머리가 아팠다. 선배들이 말하면 절반 이상을 못 알아들었다. 분명 한국어인데 한국어 같지 않았다. '어레인지, 어프로치, 홀딩, 컨펌, 스코프, 버짓, 피저빌리티, 캐파, 어빌리티, 펜딩, 플렉시블, 액션플랜, 퀵윈, 웨이트앤시, 디벨롭, 프로그레스, 디스커션, 모멘텀, 퀀텀점프, 브레인스토밍, 어드바이스……' 이런 평소에 쓰지 않던 영어가 난무했다. 새로운 언어를 쓰는 외국에 온 듯했다. 문장을 자세히 살펴보면 조사 말고는 죄다 영어였다. 이래서 영어 면접을 본 건가 싶었다. 그런데 이건 영어도 한국어도 아닌 이곳에만 존재하는 회사의 말이었다. 얼핏 들으면 있어 보이기도 했지만 아무리 따져 봐도 엉망진창이었다. 누군가 이렇게 말하면 알아듣고 다른 사람도 그렇게 말하니 꽤 자연스러웠다. 그 사이에 있는 기분을 실감 나게 표현해보자면 재미교포 사이에 있는 느낌이랄까? 불필요하고 낯 뜨거운 무분별한 영어 사용도 시간이 갈수록 점점 익숙해져 갔다. 나 빼고 모두 그러고 있으니 오히려 어색해하는 내가 이상해졌다. 어느새 내 입에도 스리슬쩍 저런 단어가 옮겨붙기 시작했다. "다음 미팅을 어레인지해서 이슈 클리어를 위한 솔루션의 피저빌리티를 체크하겠습니다!"

가장 흥미로운 관찰은 역시 사람이었다. 나 외에는 모두 회사에 먼저 들어온 선배였다. 서로 친한 듯하면서도 팽팽한 신경전이 있었다. 따로 묻지 않아도 누가 누구를 좋아하고 싫어하는지 알 수 있었다. 여유 넘치는 사람도 있었고, 온종일 정신없는 사람도 있었다. 자리를 계속 비우는 사람도 있었고, 자리에만 앉아있는 사람도 있었다. 괜히 목소리를 높여 큰 소리로 통화를 하는 사람이 있는가 하면, 누가 들을까 봐 숨죽여 전화하는 사람도 있었다. 무언가 열심히 하고 있지만 아무것도 모르는 내가 봐도 회사 일을 하고 있지 않는 사람도 있었다. 회의 시간에는 말을 하지 않았지만, 밖에선 이러쿵저러쿵 말을 많이 하는 사람도 있었다. 돌아가는 사정을 모르는 나를 위해 이 사람 저 사람 이야기를 뒤에서 친절히 전해주는 사람도 있었다. 퇴근 시간을 지키는 사람이 있는 반면, 집에 가기 싫어하는 사람도 있었다. 한 번은 팀원 모두 하나가 되어 사무실이 완전히 텅텅 비는 놀라운 경험을 한 적이 있다. 아침부터 분위기가 날아오를 듯 가볍고 통통 튀었다. 그날은 서로에게 모두 친절하고 따뜻했다. 누군가 기쁘게 외치며 인사했다. "오늘은 어린이날이니 잘 지내봅니다." 귀를 의심하고 책상 위의 달력도 의심했다. 분명히 내가 아는 어린이날이 아니었다. 나를 밖으로 데리고 나가준 선배를 통해 알게 되었다. 모두에게 가장 신경 쓰이는 한 사람, 팀장이 없는 날이었다. 맛있는 것을 먹고 편하게 지내다 정시에 퇴근했다. 내가 아는 어린이날이 맞았다. 그렇게 회사 사람들을 살피고 알아가며 점점 어울려 갔다.

관찰은 한동안 계속되었다. 아쉽게도 가진 오감으로 느껴지지 않는 것이 하나 있었다. 어찌 된 일인지 '회사 일'이 잘 보이지 않았다. 일이 무엇이며, 그 일은 누가 하고 있는지 와 닿지 않았다. 앞서 이야기한 졸음 참기와 관찰은 기대한 일이 아니었다. 회사의 일이라면 드라마나 영화에서처럼 그럴듯하고 멋진 게 있을 줄 알았는데, 그게 없었다. 회사에 들어오기 전까지의 삶에는 그런 것이 없었지만 어쩐지 회사에서는 뭔가 엄청난 게 기다리고 있을 거라는 확신이 있었다. 아니라면 정해진 시간에 맞춰 따박따박 들어오는 월급이 민망해졌다. 이 래도 되는 건가 싶은 날이 지나가고 있었다. 아무것도 몰라도 되는 처음에는 원래 이런 건가 싶기도 했다. 처음의 긴장도 곧 풀렸고 그럴듯하진 않았지만 일도 생겼다. 아무리 기다려도 기대한 그럴듯한 일은 벌어지지 않았다. 남들처럼 반복되는 출·퇴근에 익숙해져 갔다. 신입사원의 패기와 열정은 갈 곳을 잃은 채 녹아버렸다. 그냥 그렇게 평범한 회사원이 되어가고 있었다. 이런 기억들이 내게 남아있는 회사의 첫 풍경이다. 어느 것 하나 특별하지 않은 그저 그런 이야기로 남았다.

<복직과 퇴직의 저울>

기대가 너무 높았다. 나를 기다리는 그곳에 먼저 온 사람들은 하나같이 멋지고 훌륭할 것 같았다. 회사의 운명을 좌지우지하는 일이 곳곳에서 터질 것만 같았다. 그런 사람도 그런 일도 없다는 것을 깨달았을 때는 이미 그것에 익숙해진 뒤였다. 재미와 흥미가 없어진 그곳은 살아가기 위한 밥벌이의 현장으로 바뀌었다. 이제는 나도 안다. 문제는 환경이 아니었고 나였다는 것을. 그럼에도 실망을 거듭해서 겪었던 그때로는 돌아가고 싶지 않다.

술과 얼굴의 상관관계

내게 잡히는 회사 일은 기대와 달랐다. 별수 없는 소비자 중 하나로 보이는 광고로만 기대를 만들어왔었다. 입사 전 밖에서 느꼈던 회사의 이미지는 첨단 IT 기업이었다. 조금 부풀려서 영화 〈마이너리티 리포트〉의 톰 크루즈 같이 허공에 손을 휘저으며 일할 줄 알았다. 도착한 사무실에 현란한 장치는 없었다. 책상과 노트북 그리고 휴대폰이 전부였다. 아무 회사, 어느 사무실에 가도 있는 풍경이었다. 첫인상에서 허황된 기대는 바로 사라졌다. 먼저 온 사람들의 설명에 귀 기울였고, 그들의 일을 유심히 살폈다. 시간이 조금씩 지나면서 윤곽이 드러났다. 우리 팀은 회사의 물건을 판매하는 대리점을 관리하는 '영업 관리' 역할을 하고 있었다. 고객과 현장에서 직접 만나는 역할을 하진 않았지만, 판매를 지원하고 서비스 품질을 개선하는 일을 했다. 이전에는 접점에서 부딪히는 일이 가장 중요하고, 어렵다고만 생각해왔었다. 주변에서 독려하고 옳은 방향으로 이끌어가는 일도 이에 못지않다는 것을 알았다. 누군가를 설득하고 움직이게 하는 건 굉장히 어려운 일이었다. 사람 대 사람의 관계는 절대 합리적으로만 흘러가지 않았다. 누가 봐도 정답이 있었지만, 그렇게 결정되는 일은 많지 않았다. 더 이상 이성의 영역이 아니었다. 이럴 때 등장하는 마법의 해결책이 있었다.

회사 생활이 쌓여가면서 한 가지는 확실해졌다. '술'이 없으면 굴러가지 않았다. 술로 시작해서 술로 끝났다. 누군가를 만나 이야기를 나눌 때면 꼭 빠지지 않았다. 출근한 지 며칠 되지 않았을 때다. 친절한 선배가 날 데리고 본인이 관리하는 대리점으로 향했다. 어떻게 이야기를 나누는지 직접 보여주려는 의도였다. 좋은 취지는 쉽게 망가졌고, 남아있는 기억은 오고 갔던 이야기가 아니다. 어딘지 모를 곳에 회사 차량을 세워두고 벌겋게 된 채 곯아떨어졌던 부끄러운 장면이다. 난 술을 잘 마시지 못하고 아주 약하다. 한 잔만 마셔도, 아니 냄새만 맡아도 온몸이 붉게 달아오른다. 두 잔이면 잠이 들고, 세 잔이면 몸 안에서 무언가 빠져나오려고 발버둥을 친다. 내 사정을 알 리 없던 선배는 점심 식사 자리에서 반주를 곁들였다. 그들에겐 반주였을지 모르지만, 내겐 치사량이었다. 결국 그곳을 떠났을 때 난 이 세상 사람이 아니었다. 천상의 어딘가를 휘적휘적 헤매는 상태였다. 놀란 선배가 한숨 재워야겠다며 나를 차에 뉘었다. 그날은 그렇게 술 마시고 자다 깨서 퇴근했다. 처음이라서 특별히 그랬을 거라는 안일한 생각을 하며 터덜터덜 집으로 향했다.

술은 일을 위해 사무실 밖에서도 쓰였지만 안에서도 사용되었다. 처음 맺는 관계의 윤활유로서 어김없이 퍼부어졌다. 함께하게 되어 기쁘다며 준비해 준 신입사원 환영회에서 식당 바닥에 대자로 뻗어 잠이 들었다. 팀원이 20명이었는데, 한 잔씩 마시며 인사해야 했기에 나로서는 당해낼 재간이 없었다. 어떤 날에는 앞에 마주 앉은 선배가 사랑을 가득 담아 끊임없이 챙겼다. 정신력에 한계가 와서 더 이상은 안 되겠다고 했다. 한 방울만 더 마시면 속에서 많은 게 나올 것 같다고 전했다.

힘차게 코로 웃으며 그럴 테면 그렇게 하라며 또 한 잔을 권했다. 덕분에 그 앞에다가 시원하게 쏟아내 주었다. 최소한 그는 그 뒤로 다시는 내게 술을 주지 않았다. 영업 관리라는 우리의 임무도 절대 잊지 않았다. 안에서 마시는 만큼 밖에서도 대리점 사람들과 마셔댔다. 목적과 이유는 무궁무진했다. 단합회, 야유회, 축하회, 기념회 등 어떤 단어든 갖다 붙이면 모두 말이 되었다. 점심부터 밤까지 마시기도 했고, 때론 밤부터 새벽까지 달리기도 했다. 술과 친하지 않았던 난 억지로 몸을 가져다 붙이느라 고생이 많았다. 이것도 일이겠거니 하며, 힘겹게 채찍질하며 버텼다.

술로 버티는 생활을 1년 꼬박하고 건강검진을 받았다. 한창 젊을 때라 특별한 점은 없었지만, 딱 하나 낯선 증상이 보였다. '골감소증'. 뼛속이 숭숭 뚫려있는 골다공증으로 가기 직전 단계였다. 뼈를 구성하는 미네랄, 특히 칼슘이 줄어들어 골절이 쉽게 일어날 수 있는 상태라고 했다. 취업 전과 달라진 생활 방식은 오직 '술'뿐이었다. 모든 병이 그렇겠지만 지나친 음주가 원인이 될 수 있다고 했다. 태어나서 특정 병명을 받아본 건 처음이었다. 겁이 덜컥 났다. 먹고사는 것도 중요하지만, 몸 버리면서 사는 게 무슨 의미가 있겠나 싶었다.

팀장과 단둘이 있는 시간이 생겨 이때다 싶어 말을 꺼냈다. "이번 건강검진 결과에 골밀도가 줄어들어 골감소증이 나왔더라고요. 술을 좀 줄여야겠어요."라고. 결론은 본전도 못 찾았다. 팀장이 "뭘 그런 것 가지고 그러냐."고 대꾸한 것이다. 그리고 "직장인이라면 원래 그런 것들 줄줄이 달고 사는 거"라고 덧붙이며, 본인이 가진 들어도 모를 병명을 읊었다. 아차, 싶은 순간 내 몸은 스스로 챙겨야 함을 깨달았다. 그때부터였다. 적절한 타이밍에 슬슬 도망 다니기 시작했다. 살고 싶어서 그랬다. 가진 게 몸 하나뿐인데 그게 망가질까 봐 두려웠다.

*

하루는 1차에서 정신이 뽑혀 나갈 만큼 마셨다. 2차 이야기가 나올까 봐 얼른 모두에게 인사하고 집으로 향했다. 전화가 왔다. 선배였다. 받지 않았다. 문자도 오고 전화도 오고 계속 몰아쳤다. 나를 위해 집에 가서 씻고 잤다. 다음날 출근했더니 분위기가 좋지 않았다. 취해서 연락이 온 줄도 몰랐다고 둘러댔다. 술에 약한 나를 알아서 그랬는지 그냥 넘어갔다. 몇 번 더 반복되자 더 찾지 않았다. 한 번은 여러 팀이 모여서 놀고 마시는

날이었다. 그런 날이 워낙 많아서 무엇 때문이었는지
는 기억이 나지 않는다. 산 중턱의 야외 장소였던 것만
또렷이 남아있다. 신입사원들이 재롱도 피우고 분위기
가 무르익었다. 밥도 술도 거나하게 먹고 마셨다. 공식
적인 행사가 끝났다는 사회자의 말이 울려 퍼졌다. 비
공식적인 자리는 얼마든지 이어질 수 있다는 말과 같았
다. 주변을 살펴보니 그날 안으로 끝날 분위기가 아니
었다. 이럴 땐 무조건 줄행랑이 제일이었다. 문제는 장
소였다. 서 있는 곳은 평지가 아닌 산속이었다. 그날 나
는 의지만 있다면 길은 생긴다는 말을 몸소 체험했다.
지상으로 향하는 아래로 방향을 잡고 무조건 직진했다.
풀이 있으면 헤쳐 나갔고, 도랑이 있으면 건넜다. 돌아
보지 않고 계속 내려갔다. 어느덧 경사가 사라졌다. 지
나가는 택시를 붙잡아 타고 집으로 갔다. 전화기에는
눈길도 주지 않았다. 비슷비슷한 위기는 계속 닥쳐왔
고, 본능적으로 피해 나갔다. 몸의 이상을 알아챈 후에
는 아무것도 문제가 되지 않았다.

어떤 날은 깨어나 보니 눈앞이 캄캄했다. 어디에선가
잠이 들었다 깼다. 기억나는 부분은 음주 노래방의 현
장까지였다. 어두운 주변을 천천히 살피다가 문을 발견
하고는 열고 나왔다. 밖은 화려하고 시끄러웠다. 방금

나온 문을 돌아보니 '7번'이라고 붙어있었다. 방 번호를 보니 잠들기 전의 그 노래방인 것 같았다. 이상하게 밝은 곳으로 나왔는데도 초점이 잡히지 않았다. 얼굴을 더듬어 보니 안경이 없었다. 주머니를 뒤져보니 휴대폰도 없었고 지갑도 없었다. 잠든 취객을 낱낱이 털어간다더니 결국 당했구나 싶었다. 여전히 술기운에 눌려있어서 억울해하고, 분해할 기운도 없었다. 그저 집에 가고 싶었지만 가진 것이 아무것도 없었다. 안경이 없어 앞이 안 보였고, 지갑을 잃어버려 돈이 없었다. 연락하고 싶어도 휴대폰이 없었다. '왜 이렇게 살지?'라는 생각까지 흘러갔다. 어딘지도 모르는 밤거리를 배회하던 중 공중전화를 발견했다. 군대 시절의 수신자 부담 전화, 1541 콜렉트콜이 떠올랐다. 서울에서 혼자 살고 있었기 때문에 전화할 곳은 한 명뿐이었다. 바로 내 사랑, 파랑. 군대 친구에게 전화를 받아본 경험 덕에 다행히 끊지 않고 받아주었다. 마침 파랑은 사무실에서 야근 중이었다. 놀란 목소리에 물어볼 게 많은 듯했지만, 더 놀란 내 목소리를 듣고 기다려 주었다. 택시를 타고 파랑의 사무실 앞에 도착했다. 기다리고 있던 파랑이 택시비를 대신 내주고 나를 꺼내 주었다. 어이없어하는 파랑을 마주하고 설명을 시작했다. 워낙 엉망인 모습 때문이었는지 별말 하지 않고 순순히 돌려보내 주었다.

집으로 가는 택시비까지 쥐여주면서. 다음날 출근해 보니 바로 의문이 풀렸다. 화려한 음주가무 시간을 마치고 자리를 파한 뒤 나서는데 내가 보이지 않았다고 한다. 생존 본능으로 옆방에 가서 잠들어 버린 것이었다. 아무리 찾아도 보이지 않자 안경, 가방, 지갑, 휴대폰 모두 챙겨 나왔다고 했다. 잃어버린 것은 아무것도 없었지만 머릿속은 복잡해졌다. 이런 생활을 계속해야 하나 싶어서. 그러나 잠깐이었다. 곧 현실과 타협하고, 다음날이면 또 출근했다. 술을 마시고 일이 터지면, 또 후회하고 고민했다. 반복적인 리듬에 점점 익숙해져 갔다.

*

술을 먹지 않고 퇴근하는 날이면 이상했다. 뭔가 일을 덜 마무리하고 나온 느낌이었다. 그만큼 일과 술의 경계는 희미했다. 몸으로 들어온 술만큼 통장으로 월급이 들어왔다. 기대했던 멋진 일은 이미 술이 되어 있었다. 누군가는 물을 술로 변하게 했다는데, 회사는 일을 술로 바꾸는 곳이었다. 그곳에서 마신 술이 평생 먹은 술의 99.9%였다. 원하지 않는 술을 마시며 다녀야 하나 싶었다. 마시다 보니 알딸딸한 기분을 어느 순간 즐기고 있는 나를 발견했다. 지치고 답답한 일도 술을 마시면 잠시 사라졌다. 술을 마실 때는 아무도 일 이야기를 하지 않았다. 그때는 술이 일이었기 때문에.

술과 일이 뒤섞이면서 구분하기 어려운 날이 이어졌다. 몸과 삶을 일과 술에 계속 가져다 바쳐야 하는지 헷갈렸다. 돈이 필요했지만 건강을 지키고 싶었다. 결정이 미뤄질수록 질질 끌려다닐 수밖에 없었다. 해마다 건강검진 결과표에는 골감소증이 빠지지 않았다. '무엇을 위해 이곳에 왔는가?'라는 질문을 하루도 빠짐없이 했다. 이러지도 저러지도 못하면서 시간은 흘렀다. 최악은 막아보겠다며 입에 칼슘을 밀어 넣으며 운동도 했다. 완벽히 도망칠 곳은 없었다. 이게 맞나 싶은 생각은 쉬지 않고 고개를 들었다. 이제 더는 일이 관심사가 아니었다. 이렇게 계속 살 수 있을까라는 생존의 의문이 생겼다.

<복직과 퇴직의 저울>

돌아보며 쓰고 나니 다시 온몸에서 술 냄새가 난다. 술을 제대로 만난 건 이때가 처음이었다. 잘 마시지도 못하고 먹기도 싫은 술을 억지로 목구멍으로 넘겨야 하는 순간은 끔찍했다. 어떻게 그 시간을 견뎌냈는지 모르겠다. 젊어서? 잘 몰라서? 분위기에 휩쓸려서? 무엇이 되었든 고민만큼 행동하지 못했던 건 사실이다. 그때의 나는 나약했고, 억지스러웠다. 불편함과 부정함을 입 밖으로 꺼내지 못했다. 지금의 나였다면 조금 다르게 지낼 수 있지 않았을까? 물론 절대 다시 겪고 싶지 않지만.

회사에 가득 깔린 이목구비

　회사에 들어서면 수없이 많은 귀와 눈, 그리고 입이 등장했다. 빠져서 아쉬운 코까지 껴서 이목구비다. 많은 이목구비를 한꺼번에 신경 쓰는 순간은 처음이었다. 철부지들이 모여 있던 학창 시절에는 문제가 되지 않았다. 거기서 거기인 처지였기에 그들의 이목구비를 무작정 고려할 필요가 없었다. 그러나 회사 사람들의 그것들은 달랐다. 내 일거수일투족은 물론 서로 간의 변화와 행동에 온 신경을 곤두세우고 있었다. 그냥 내버려두어도 어색하고 쭈뼛쭈뼛한 회사 생활 초기에 날 선

환경은 나를 더욱 위축되게 했다. 사방에 보이지 않는 줄이 처져있는 기분이었다. 하나를 힘들게 피해도 다른 하나에 손과 발, 때론 목이 턱턱 걸렸다. 한시도 긴장을 늦추거나 편하게 있을 수 없었다. 회사는 서로 주고받는 눈치로 가득한 공간이었다.

　나름 눈치가 빠르다고 여기며 살아왔지만 차원이 달라지니 소용이 없었다. 한두 명의 눈치만 살피던 시절은 어린아이의 소꿉놀이에 불과했다. 여긴 수많은 어른이 쏘아대는 눈치의 전쟁터였다. 한 공간에서 많은 성인과 지내는 경험은 새로웠다. 놀이가 아닌 일이었기에 더욱 그랬다. 모두 다른 사람이라 각각의 눈치도 달랐다. 중요하게 생각하는 부분이 달랐기에 눈치를 주거나 눈치를 채는 경우 모두 제각각이었다. 누군가는 옷차림에, 누군가는 시간에, 다른 누군가는 말투에 눈치를 연결했다. 서로 다른 눈치를 모아 보면 숨 쉴 곳이 없었다. 하나부터 열까지 눈치를 봐야 했다. 가만히 있으면 가만히 있는 대로 움직이면 움직이는 대로 느껴졌다. 그들의 이목구비가 나를 따라 이리저리 향하는 걸 충분히 눈치챌 수 있었다. 입체적이며 다각도로 다른 사람을 신경 쓰는 시간은 힘들었다. 그 공간을 빠져나와 비로소 내게 쏟아졌던 보이지 않는 줄이 끊어지고 나면 녹초가 되어 쓰러졌다. 시간이 흘러도 눈치 보는 능력은 쉬이 늘지 않았다. 보려고 할수록 봐야 하는 부분만 늘 뿐이었다. 처음엔 눈빛을 다음엔 표정을 또 그다음엔 손짓까지. 계속 이런 식이었다. 나중에는 흩어지는 말 하나하나까지 굳이 쓸어 담아서 해석하고, 추측하고, 예상하는 날이 이어졌다. 눈치를 주는 대로 모두 받았고 더 나아가 없는 눈치도 만들어내서 살폈다. 자신과 확신이 없으니 그렇게라도 해서 남들을 이해하고 알고 싶었다. 그땐 스스로의 눈치를 살필 생각은 하지 못했다. 모든 눈치는 밖으로 향했다.

눈치는 회사 곳곳에 깔려 있었다. 주기도 하고 받기도 하며 정신없었다. 눈치 주는 사람, 눈치 보는 사람, 눈치 없는 사람까지. 눈치를 둘러싸고 벌어지는 일의 관찰은 흥미로웠다. 다 같이 모인 회의 시간에 새로운 할 일이 발생하면 순간적으로 음소거 기능이 켜졌다. 눈동자 움직이는 소리까지 조심스럽던 그 순간은 엄숙하기까지 했다. 누군가 소리를 내면 술래가 되는 놀이와 같았다. 쥐 죽은 듯이 고요한 시간이 계속되며, 서로 눈치를 살살 살폈다. 자의든 타의든 누군가 고양이 목에 방울을 달기로 정하고 나면 다시 음향이 살아났다. 뻔히 보이는 콩트를 지켜보며 웃음을 참는 건 꽤 곤욕이었다. 때론 불행의 주인공이 되어 버려서 나오던 웃음이 쏙 들어가기도 했다. 회사의 복장은 '비즈니스 캐주얼'이라는 모호한 방침을 가지고 있었다. 정장에 넥타이를 하지 않아도 되는 것은 확실했다. 그다음은 어디까지 허용이 되는지 뚜렷하지 않았다. 바지는 꼭 면바지여야 하는지, 청바지는 죽어도 안 되는 건지. 넥타이는 안 하지만 셔츠는 입어야 하는지, 폴로셔츠면 되는 건지. 간편하고 깔끔하고 단정하게 입으라고 했지만 사람마다 기준이 달랐다. 어느 날은 말이 없다가도 어떤 날은 "편하게 잘 입었네?"라고 했다. 정말 잘 입었다는 건지, 너무 편하게 입었다는 건지 몰라 온종일 고민했다. 그다음 날 좀 갖춰 입고 가면 다른 이가 "너무 답답하게 입지 않아도 돼."라고 했다. 줏대 없이 눈치를 보는 내가 잘못인가 싶기도 했다. 이럴 바엔 고민 없이 정장에 넥타이를 매고 다니고 싶었다. 회식이 진행될 때도 눈치싸움은 계속되었다. 상사의 비위를 맞추려고 예정에 없던 저녁 자리를 주도하는 이가 있으면 눈을 흘기는 사람이 있었다. 예정되어 있던 일정에 갑자기 이런저런 이유로 빠지는 사람에게도 곱지 않은 시선이 쏟아졌다. 물론 난 눈치를 주는 것도 받는 것도 허락되지 않는 만년 고정멤버 막내였지만. 덕분에 술자리 인원을 채우는 숨막히게 치열한 두뇌 싸움을 언제나 즐길 수 있었다.

눈치를 보는 것도 괴로웠고 어느 장단에 맞춰야 할지 정하기도 힘들었다. 이 사람 저 사람 온갖 사람의 이목구비가 다르니 정신이 남아나질 않았다. 이쪽저쪽 눈치 보다 끝나는 하루가 계속되었다. 퇴근하고 나면 일을 한 건지 남들 눈치 보다 나온 건지 헷갈렸다. 눈칫밥을 꾸역꾸역 먹으며 하루하루 눈치 살을 늘려갔다.

*

일을 대할 때 이성적으로 냉정하게 행동하는 팀장이 있었다. 멋모르는 내가 봐도 기준이 명확했고 결정이 빨랐다. 다만 연말이면 가끔 이해되지 않는 일이 벌어졌다. 팀원 평가할 때, 의외의 인물을 챙겼다. 사회 초년생인 나의 기준으로는 일을 잘하는 사람이 좋은 평가를 받아야만 했다. 일을 잘 못하고 심지어 안 하기도 하는 사람이 고과를 잘 받는 상황이 종종 생겼다. 마음고생이든 몸 고생이든 다 떠나서 결과로 결정되어야 마땅했다. 능력도 성과도 희미한 사람이 챙김을 받는 상황은 억지스러워 보였다. 아무리 따져봐도 이상했다. 합리적이고 깔끔한 사람의 의사결정이었기에 더욱 받아들이기 어려웠다. 아직 어설픈 내가 모르는 무언가가 있다고 생각할 수밖에 없었다. 미심쩍은 이 부분을 빼고는 모두 존경스러웠다. 함께한 지 몇 년이 지난 어느 날, 팀장이 갑작스럽게 농담과 진담을 섞어 말했다. "넌 그동안 아부 한마디 안 하더라?" 그때 깨달았다. 맞추지 못해 내팽개쳐두었던 퍼즐 조각이 감쪽같이 붙었다. 이 사람은 아부에 약했다. 꽤 오랜 시간이 지난 후에야 알았다. 그때 평가를 잘 받은 선배가 잘한 게 일이 아니라 아부였다는 것을. 다행스럽다고 해야 할지 모르겠지만 이때의 충격은 점점 희미해져 갔다. 회사에 머문 시간이 쌓일수록 알게 되었다. 그다지 특별한 게 아니었다. 모두 아부를 좋아했다. 아부에 강한 사람은 없었다. 아부를 이기는 장사는 존재하지 않았다.

아부를 좀 하라고 한 건지 아닌지 모를 알쏭달쏭한 한마디. 그 말을 들은 후에도 달라진 건 없었다. 난 아부를 안 했다. 아니, 정말 못하겠더라. 진심에서 우러나오는 칭찬과 존경을 표현하는 것도 무심한 내겐 어려운 일이었다. 하물며 거짓을 말하라니. 불가능했다. 없는 것을 있다고 할 수 없었고, 아닌 것을 맞다고 할 수 없었다. 목에 칼이 들어와도 하기 싫었다. 수없이 눈치 보는 상황에도 이것만큼은 포기할 수 없었다. 회사에서 손해를 보더라도 할 수 없었다. 내 인생을 손해 보는 것보다는 나았다. 달콤하게 꿀이 뚝뚝 떨어지는 끈적한 말은 끝끝내 내 입에서 나오지 않았다.

*

어떤 세상이든 새로운 규범과 규칙이 있다. 돌아가는 방식이 따로 존재한다. 회사라는 곳도 그랬다. 거기만의 룰이 있었다. 그곳에 가면 꼭 봐야 하고 꼭 해야 하는 게 있다. 눈치를 봐야 하고 아부를 해야 했다. 순진하게 일만 하면 되겠지 했는데 많이 놀랐다. 대가를 받는 입장에서 월급에 그것들이 포함되는 건지 구분이 어려웠다. 보지 않고 하지 않아도 문제가 없을 것 같았지만 꼭 그렇지도 않았다. 물렁물렁 야리야리했던 사회 초년생은 하라는 대로 하는 게 맞나 하면서 늘 세차게 흔들렸다. 남들 따라서 흉내도 내보고 안 되면 노력도 했다. 정말 하기 싫은 것은 거부해보기도 했다. 그럴 때마다 그곳에 자연스럽게 녹아들어 살아가는 사람들이 신기했다. 진짜 아무렇지 않은 건지 아니면 어쩔 수 없이 참고 지내고 있는 건지. 그게 어떤 식이더라도 그들에게 부자연스러운 모습은 눈에 잘 띄지 않았다. 그저 나만 같은 발 같은 손을 함께 들고 걸어가는 훈련병처럼 눈에 띄게 이상했다. 온전한 내 삶이었다면 쏙 빼고 싶은 '눈치와 아부'가 그곳엔 생생하게 살아있었다. 피할 수 없으면 즐겨야 하는지, 즐기지 못하면 피해야 하는지 결정 내리기 어려웠다. 어색한 발걸음은 질질 끌리며 계속되었다.

<복직과 퇴직의 저울>

지금도 온 사방에 가득한 눈, 귀, 입이 떠오르면 소름 돋는다. 모두 멀티태스킹의 달인이었다. 모니터를 보면서도 주위의 모든 정보를 흡수했다. 그러면서도 자신의 불편함을 온몸으로 표현했다. 이 정도면 거의 신의 경지다. 매혹적인 아부 능력은 또 어떠한가. 입에 침을 바르지 않고도 술술 나왔다. 대본을 주고 연습할 시간을 주어도 난 절대 못 할 주옥같은 대사가 단 한번의 NG 없이 완성되었다. 눈치와 아부는 여전히 나와 거리가 멀다. 앞으로도 계속 내 삶에는 없기를 바라며.

회사에서 나를 버티게 한 것

회사 생활 초기, 그때의 나는 묘한 자신감이 있었다. 무슨 일을 맡겨도 해낼 자신이 있었다. 그 정도는 거창한 게 아니었다. 1등부터 10등까지 줄 서 있으면, 4등 정도는 할 자신이 있었다. 금·은·동 메달 무리는 과해 보였고 5~6등 중간 무리는 평범해 보였다. 중간이나 평균보다는 살짝 앞에 있는 게 적절했다. 빼어나게 잘하는 것은 아니지만 그렇다고 보통이라고 하기엔 애매한. 그 위치를 '평균 이상'이라고 이름 붙였고, 거기가 바로 내자리라고 선언했다. 회사에서 좌우명이니 특기니 장점

같은 걸 물으면 그대로 대답했다. 무엇을 해도 평균 이상을 해낼 수 있다고. 적당한 자신감과 겸손함을 보여줄 수 있다고 여기며 만족했다. 말뿐만 아니라 실제로도 할 수 있는 능력이 있다고 믿었다. 아무도 확인하고 평가하지 않았지만, 스스로 모든 일에 잣대를 들이대며 판단했다. 이것만큼은 포기할 수 없다는 마지막 보루처럼 여겼다.

회사 일은 주로 말과 글로 이루어졌다. 다른 이에게 전달하고 설명하려면 둘 중 하나의 방식으로 전해졌다. 물 만난 물고기처럼 자신 있게 굴었다. 말과 글에서만큼은 평균 이상이 아니라, 선두 무리로 뛰쳐나갈지도 모른다는 걱정을 하기도 했다. 너무 잘하면 튀어서 안 된다는 조심스러운 자세까지 고민했다. 괜한 걱정과 고민은 모두 쓸데없었다. 내게 나온 말과 글은 남에게 잘 닿지 않았다. 회사에 들어오기 전까지만 해도 말을 하거나 글을 쓰면 누구라도 들어주고 읽어주었다. 회사에선 누구도 집중하지 않았다. 그러면 그럴수록 조급함에 더 많이 자주 하게 되었다. 답답했다. 하지 않으면 전할 수 없었고 하면 별 반응이 없었다.

그날도 열심히 한 바닥 가득히 하고 싶은 이야기를

써놓고 휘황찬란하게 꾸미고 있었다. 여기도 중요하고 저기도 중요해서 강조하고 또 강조했다. 곳곳에 굵은 글씨가 포진해 있었고, 색색깔의 글씨가 반짝였다. 이 정도면 더 이상 무시하지 못할 거라는 생각으로 무장한 뒤, 모두에게 보내고 반응을 기다렸다. 다른 때와 마찬가지로 조용했다. 읽었다는 알람 외에는 아무 대꾸가 없었다. 도대체 뭐가 잘못되었을까 하며 머리를 싸매고 있는 순간 답장이 하나 왔다. 꽁꽁 부여잡고 있던 고집스러운 자신감을 풀어지게 만든 선배의 조심스러운 조언이었다. 어떻게 하면 간략히 효과적으로 전할 수 있는지 본인 경험에 기대어 알려주었다. 그때 처음으로 귀를 열었다. 소중한 가르침은 회사에서뿐만 아니라 살면서 글 쓰는 방식의 큰 전환점이 되었다.

회의 시간에 말할 때도 영 쉽지 않았다. 자기 일만 생각하고 있는 사람들에게 내 일에 대해 말하기는 어려웠다. 짧게 하면 짧아서 금방 사라졌고, 길게 하면 길어서 듣지 않았다. 글보다 자신 있던 말이 먹히지 않자 막막함이 쌓여갔다. 답답하던 와중에 진가를 발휘할 기회가 주어졌다. 신입사원 동기들과 모여서 하는 그룹 발표 경연대회였다. 우연히 발표자가 되었고 이거다 싶은 생각이 들었다. 여기서 성과를 내면 팀에 돌아가서 말 좀 하는 사람으로 보일 수 있었다. 발표라면 자신이 넘쳤기에 늘 하던 대로 이렇다 할 대비 없이 즉석에서 임했다. 발표 당일, 자료를 한 장씩 스윽 보고 그때그때 생각나는 말을 던졌다. 충분히 자연스러울 거라며 '역시 난 임기응변의 귀재'라고 우쭐했다. 결과는 처참했다. 경연대회를 마친 뒤 가진 뒤풀이에서 발표를 평했던 선배의 말이 귀에 꽂혔다. "석준 매니저의 발표는 즉흥적이네." 깊이 없이 가벼운 나의 말이 적나라하게 까발려졌다. 소기의 목적은커녕 가지고 있던 자신감도 잃어버리고 터벅터벅 돌아가야 했다. 대신 하나는 얻었다. 철저한 준비 없는 말은 하지 말자는 깨달음.

평균 이상이라는 목표는 꽤 높았다. 시간이 가면 갈수록 밑천이 드러났다. 원래 가진 게 별로 없었기에 순식간에 바닥이 보였다. 그때의 나도 지금의 나도 알고 있다. 내가 특별히 평균 이상이 아니라는 것을. 이것을 꼭 쥐고 있던 건 마지막 자존심이었다. 회사라는 막막한 곳에서 초라해지지 않고 견디게 해주는 심리적 방패였다. 평균 아래로 떨어지는 건 절대 안 된다는 발버둥이기도 했다. 혹시 기대에 부응하지 않을까 싶은 욕망도 들어 있었다. 모든 게 산산조각이 났고, 맨몸으로 벗겨지면서 그렇게 원했던 4등과는 영영 멀어졌다. 경험의 부족인지 사람의 부족인지 알 수 없었다. 영원히 모르는 게 낫겠다는 것만 알 수 있었다.

*

겨우 평균 이상을 지상 최대의 목표로 삼았던 내게 칭찬은 드물었다. 일하고 받는 칭찬이 없었다. 질책받거나 꾸중 듣지 않으면 다행이었다. 회식 장소 잘 잡는 흔한 센스도 요원했다. 회식이 싫었고, 술도 싫었기에 정성이 들어가지 않았다. 그럼에도 불구하고 하루에도 몇 번씩 집에 가고 싶었던 그때를 버티게 해 준 칭찬이 분명히 있었다. 일에 대한 건 아니었지만 일을 계속할 수 있게 만들 만큼 유효했다. 그 칭찬들 덕분에 힘든 시절을 견딜 수 있었다고 한다면 너무 과한 걸까?

군대에서 축구한 이야기만큼 재미없는 게 회사에서 축구한 이야기다. 축구를 남들 좋아하는 만큼 좋아하고 남들 하는 만큼 한다. 어디 가서 "공이랑 안 친하구나."라는 소리는 안 듣는다. 위에서 열심히 이야기한 평균 이상이라는 뜻이다. 22명이 한자리에 있지 않으면 제대로 경기를 할 수 없기에 입사 전에는 채우기 쉽지 않은 인원이었다. 회사에 들어와 보니 사람은 항상 넘쳤다. 같은 회사 팀끼리는 물론 영업 관리 목적으로 파트 너들과도 정기적으로 했다. 끝나고 마시는 술은 싫었지만 축구는 좋았다. 무엇보다도 업무 시간에 축구를 할 수 있다는 사실이 매력적이었다. 골치 아픈 일 대신 좋아하는 축구를 할 수 있다니 천국이 따로 없었다. 가장 젊은 사람이었고, 나름 뛰어다닐 줄 알았기에 제 몫을 했다. 축구를 좋아했던 그 당시 팀장은 필드에서 칭찬왕으로 변했다. 혈기 왕성한 과한 몸짓에도 사무실에서는 보기 힘든 엄지를 쉽게 보였다. 그럴수록 더욱 온몸을 날리며 무모하게 발리슛과 오버헤드킥을 시도했다. 여러 팀이 모인 행사 자리에서 수백 명의 관중 앞에서 축구 경기를 한 적이 있다. 유독 컨디션이 좋았고 2골을 연달아 넣으며 승리를 이끌었다. 그날 술자리는 처음으로 나쁘지 않았다. 안줏거리가 축구경기였던 덕분에. 팀장에게 한번도 받아본 적 없는 사랑 가득한 눈빛과 말이 자주 전해졌다. 사회자가 MVP로 내가 아닌 다른 사람을 부르자 많이 놀라며 아쉬워했다. 좋아하는 것으로 칭찬받은 기억은 회사 생활의 큰 위로가 되었다.

　가끔 본사에서 높은 분이 내려왔다. 지역 본부에 속한 여러 팀이 한자리에 모여서 귀한 말씀을 경청했다. 이때 빠지지 않는 게 '단체 구호'였다. 영업 조직답게 강력한 의지를 보일 수 있는 신성한 마무리 순서로 여겼다. 모이기 바로 전날 사회자 선배의 연락을 받았다. 중요한 마무리 구호를 만들어서 외쳐달라고 부탁했다. 가슴이 오싹하고 온몸이 덜덜 떨려왔다. 창의력 제로인 내겐 어려운 숙제였다. 거절이 어려운 시절이었기에 기회를 줘서 고맙다고, 마음과 다른 말을 하고 받아들였다. 그때부터 잠들기 전까지 모든 신경이 그것에 쏠렸다. 거창한 구호라고 했지만 결국 삼행시 같은 거였다. 내가 선창하면 다 같이 후창 하는 식이었다. 의미는 뻔했다. 어렵고 힘들지만 주어진 목표를 정신력으로 극복해서 달성하겠다는 의지를 담으면 되었다. 남극에서 에어컨을 팔든, 사막에서 난로를 팔든 어떤 경우라도 해내겠다고 하면 되는. 자취방에서 홀로 밤늦게까지 끙끙 앓았다. 갑자기 신의 목소리가 들렸다. 이거다 싶었다. 귀에 쏙쏙 들어오고 의미도 명확했다. 거기에 리듬감 넘치는 라임까지 완벽했다. 다음날이 되어 훈훈하지만 뻔하디뻔한 으쌰으쌰 잘해보자는 시간이 끝을 향해 갔다. 남은 건 다 같이 외치는 구호 차례였다. 사회자가 내 이름을 불렀고, 우리 팀장을 포함해서 모두가 놀랐다. 이런 것에 적합해 보이는 사람이 아니었으니까. 의아한 시선을 뒤로하고 담담히 나서서 준비한 구호를 설명하고 외쳤다. 꽤 반응이 좋았다. 뜨겁게 마친 뒤 오래

참은 용변을 보기 위해 화장실로 달려갔다. 마지막 차례에 대한 긴장 때문에 오래도록 흘러나왔다. 그때 갑자기 뒤에서 우렁찬 목소리와 함께 누군가 내 등을 힘차게 두드렸다. "잘했어!" 팀장이었다. 구호가 정말 마음에 들었던 게다. 모두가 모인 자리에서 자기 팀원이, 그것도 전혀 기대지 않았던 내가 해냈던 게 흡족했던 모양이다. 커다란 칭찬 소리에 화장실에 가득했던 회사 사람 모두 내게 엄지를 들어 보이며 좋았다고 했다. 부탁했던 사회자 선배도 잘 맡아줘서 고맙다고 했다. 축구와 마찬가지로 일에서 받은 칭찬은 아니었지만 충분했다. 며칠 동안 힘찬 걸음으로 출근할 기운을 주었다.

*

처음에는 자신감이 넘쳤고 많은 칭찬을 예상했다. 능력은 부족했고 일의 성과는 눈에 띄지 않았다. 최소인 줄 알았던 기대는 낮지 않았으며, 마음만으로 되는 것은 없었다. 초라해지는 상황은 받아들이기 힘들었다. 스스로 정해놓은 기준을 맞추지 못하는 기분은 쓸쓸했다. 잘했다는 눈빛과 말 한마디의 부재는 불 꺼진 바다 같았다. 가끔씩 구해준 건 주변의 목소리였다. 모자란 점과 부족한 부분을 살펴주고 방법을 알려주었다. 잘하는 게 있으면 애매한 범주에 있더라도 챙겨서 알아주었다. 그래서 버틸 수 있었다. 이마저도 없었다면 절망 속에 헤매다 그만두었을 게 확실하다. 그만큼 처절하게 가라앉는 내겐 고마운 손길이었다. 엄청난 말과 행동으로 사람을 살리는 게 아니었다. 스스로 건네고도 잊어버릴 정도의 표현이 누군가에게는 일생의 도움으로 남기도 한다. 내겐 그때의 가르침과 칭찬이 그랬다. 작은 관심들로 쉽지 않은 그 시절을 이겨냈다.

<복직과 퇴직의 저울>

내 주제를 나보다 빠르게 파악했던 선배들의 날카로운 말. 일은 분명히 아니었지만 순수하게 좋아해 주며 건네던 다정한 말. 모두 따뜻했던 관심의 흔적으로 남아있다. 지금도 그렇지만 그때도 관심받는 것에 익숙하지 않았다. 잘못을 지적받지 않기 위해 혈안이 되어있었기에, 남들이 다가오면 우선 무서웠다. 배워가는 것 없이, 이루는 것 없이 세월만 축내던 그 시절. 나를 챙겨준 그들의 들여다봄에 새삼 다시 감사하다. 덕분에 조금이라도 자란 지금의 내가 있다고 해도 전혀 과하지 않다.

비행 회사원의 깨달음

　회사에서는 모든 것이 사라졌다. 정신, 여유, 판단, 초점, 느낌, 생각 등. 이런 것은 모두 사치였다. 쌓여가는 일 더미를 해치우는 데 아무 도움이 되지 않았다. 머리로 정보가 흘러가기 전에 손과 입으로 처리했다. 깊은 고민보다는 얕은 결정으로 순간순간을 지나쳤다. 이런 나보다도 더 바쁜 일은 쉴 틈 없이 벌어지고 몰아쳤다. 마음과 몸을 위해 쉬어가는 시간을 갖지 못했다. 밥 먹을 시간은 주어졌지만, 여유롭게 챙겨 먹기 어려웠다. 먹다가도 하다 말고 온 일을 어떻게 할지 떠올리며 스스로를 괴롭혔다. 일이 원래 그런 건지, 일하는 내가 원래 그런 건지 몰랐다. 사무실이라는 공간을 벗어나도 마찬가지였다. 어디에서도 회사와 연결되어 있었다. 퇴근해도 쉬는 날에도 늘 동동댔다. 끊임없는 일의 파도에서 헤어 나오지 못하고 꽁꽁 붙들려있었다. 수영 못하는 사람처럼 같은 자리에서 허우적대길 반복했다.

누군가는 말했다. 퇴근할 때 사무실을 나서면 가장 먼저 보이는 나무에 일을 걸어두고 가라고. 출근할 때 다시 그 나무에서 일을 내려서 사무실로 들고 가라고. 솔깃했다. 그럴듯했다. 바로 해봤고 금방 슬퍼졌다. 나와 일은 생각보다 더 친밀했다. 일을 걸어둔 나무는 뿌리째 뽑혀 나와 쫄래쫄래 따라왔다. 혹시라도 회사 밖에서 자신의 존재를 잊을까 봐 시야를 벗어나지 않았다. 눈을 감으면 사라지겠지 하며 불을 끄고 자리에 누워도 소용없었다. 잘 때라도 따로 자면 좋겠건만 죽부인처럼 꼭 껴안고 잠들었다. 우린 이미 한 몸이나 다름없었다. 언제 어디서나 함께하고 떨어질 수 없는 관계. 이 녀석과 헤어지기는 어려웠다. 이미 내가 일이었고 일이 나였다.

특별히 싫어하는 순간이 생겼다. 바로 휴대폰이 울릴

때. 요즘이야 이메일에, 카톡에, 소통의 방식이 다양해졌지만 그땐 일단 전화였다. 하루의 절반은 통화를 했다. 하루의 절반이 싫었다는 말이다. 아무리 문서와 글로 설명해두어도 직접 목소리로 확인하고 싶어 했다. 나부터도 그랬다. 답답하고 애매하면 일단 전화부터 걸었다. 전화 통화로 진을 빼고 나면 다시 집중하기 어려웠다. 정신을 좀 모을만하면 다시 벨이 울렸다. 어떤 날은 온종일 전화만 하다가 끝나기도 했다. 입에서 지독한 단내가 나서 자신의 향취에 괴로워지곤 했다.

한 번은 불만 가득한 고객과 직접 통화한 적이 있다. 나중에 알고 보니 이런 연결은 업무 사고였다. 고객센터에서 대응하는 것이 원칙이었다. 아마 받아주기 힘겨웠던 상담원이 담당 직원인 내 연락처를 알려준 것이었으리라. 속사정을 알 길 없는 나는 처음으로 회사 고객과 이야기를 나누게 되었다. 일방적인 상황이라서 한 말은 별로 없었다. 어두움과 욕설이 가득한 그 사람의 말을 듣고 또 듣고 사과하고 또 사과했다. 배터리가 나가서 통화가 끊어졌다가도 갈아 끼고 전원을 켜면 다시 울리며 이어졌다. 한 시간 넘게 계속되었다. 분이 좀 풀렸는지 그제야 놓아주었다. 특별히 내가 해결해준 건 없었다. 그저 화풀이 대상이 되어주었을 뿐. 더 이상 다른 통화를 할 수 없을 정도로 기운이 쏙 빠졌다. 이런 일까지 벌어지고 나니 휴대폰을 보기만 해도 신물이 났다.

휴대폰이 지긋지긋해지고 미워졌다. 어찌나 튼튼하게 만들어졌는지 고장도 잘 안 났다. 오래 통화가 이어지면 긴장한 탓에 땀이 줄줄 흘러내렸다. 땀을 못 해도 몇 리터는 받아먹었을 텐데도 끄떡없었다. 어쩌다 배터리가 몽땅 떨어지고 없을 때면 그렇게 속이 시원했다. 고요해진 시간이 찾아오면 마치 다른 세상 같았다. 충전되어 다시 켜고 나면 바로 사라질 테지만 잠깐의 여유가 달콤했다. 빵빵해져서 돌아온 녀석으로 밀린 연락을 메우느라 곧 다시 정신을 잃었다. 밤낮없이 울려댔다. 주말에도 빠짐이 없었다. 데이트할 때마다 휴대폰을 붙잡고 사라지는 모습에 파랑은 익숙해져 갔다. 통화를 마친 뒤 지쳐 돌아온 몰골을 보며 한숨을 푹 쉬며 뭐라 말도 못 하고 답답해했다. 갑갑한 시간에 점점 파묻혀 갔다. 휴대폰이 울리면 온몸이 찡그려졌다.

태어나서 처음이었던 것으로 기억한다. 아침에 눈 뜨기 싫은 날. 하루의 시작이 행복하지 않았다. 유독 불행감이 강한 출근길이면 부모님께 괘씸해지는 상상을 하곤 했다. 적당한 교통사고가 나길 바랐다. 생명에는 지

장이 없고, 일은 할 수 없는 부상을 입어 입원을 오래
하면 좋겠다 싶었다. 적절한 상황이 벌어져서 푹 쉬고
싶었다. 전화도 할 수 없고, 컴퓨터도 할 수 없는 그런
상태를 희망했다. 사무실에 도착해서도 스트레스가 극
도로 올라오면 또 다른 상상을 펼쳤다. 지금 이 순간 퇴
사하면 모든 복잡함이 사라지게 될 거라고. 회사에서
나눠준 이 밉상스러운 휴대폰을 집어던지고 나갈 수 있
을 거라고. 대낮에도 가끔 그런 개꿈을 꾸며 가질 수 없
는 해방감을 느끼곤 했다. 곧 눈치 없이 울리는 휴대폰
을 붙들며 울며 겨자 먹기로 통화를 시작했지만. 마치
고 나면 다시 괜히 그것을 바닥에 내팽개치는 시늉을
했다. 그땐 살아가는 순간순간이 고통의 연속이었다.
상황이 그 지경이었지만 용기는 없었다. 이러지도 못하
고 저러지도 못하고 그냥 지냈다. 버티는 게 최선이었
고 다른 길은 떠올리지 못했다.

*

　추운 겨울 어느 하루는 오후 내내 외근해야 하는 날
이었다. 맡은 지역의 상권을 직접 발로 뛰며 정보를 탐
색해야 했다. 보이지 않는 곳에서도 단 한번의 농땡이
를 피워본 적이 없는 나는 열심이었다. 빠짐없이 돌아

다녔고 할 수 있는 최선을 다했다. 일을 마치고 시간을 확인하기 위해 휴대폰을 꺼냈다. 꺼져있었다. 가지고 나온 보조배터리도 없었다. 갑자기 마음이 급해지고 불안해졌다. 누가 전화하면 어쩌지, 중요한 일이면 안 되는데 하며 온갖 걱정을 다 했다. 어서 사무실로 돌아가서 휴대폰을 살려내야겠다는 생각뿐이었다. 주위를 둘러보니 이미 정해진 퇴근 시간은 지나있었다. 갑자기 번개에 맞은 것처럼 정신이 번쩍 들며 엉뚱한 생각이 떠올랐다. '바로 들어가지 말고 놀다 가자.' 귀신에 홀린 듯이 근처 영화관으로 향했다. 아무거나 바로 시작하는 영화표를 구매해 들어갔다. 저녁 대용으로 핫도그, 팝콘, 콜라를 잔뜩 챙겨서. 처음엔 집중하지 못했다. 결심했지만 괜히 불안했다. 꺼져버린 휴대폰이 울리는 착각까지 들었다. 곧 어쩔 수 없다는 현실을 받아들였고, 순간을 즐겼다. 처음으로 혼자서 본 영화였다. 끝나고 극장에 불이 들어오자 후련했다. 밖으로 나가니 차가운 겨울밤 기운이 얼굴을 스쳐 눈이 떠졌다. '이제 복귀하자.' 늦은 시간의 사무실은 조용했다. 아무도 없었고 아무 일도 없었다. 긴장하며 배터리를 갈아 끼우고 전원을 켰다. 드문드문 못 받은 전화와 메시지가 있었지만, 대수롭지 않은 일이었다. 당장 확인하고 처리하지 않아도 되는 것들이었다. 긴장이 턱 하니 풀렸다. 혼자 가만히 있다가 괜히 눈물이 났다. 도대체 이게 뭐라고 그렇게 불안해하고 덜덜 떨었을까. 그깟 연락 잠깐 못 받는다고 큰일 나는 것도 아닌데. 마음 무너지고 약해지고 너덜너덜해지면서 일에 이렇게 매달리며 살아야 할까. 그날은 꽤 오랫동안 생각에 잠겼다. 처음이자 마지막이었던 회사에서의 비행이다.

작은 일탈 이후 조금 변했다. 조금 덜 매달렸으며, 조금 더 담담해졌다. 일은 모두 중요했지만 세상이 끝날 정도의 일은 없다는 걸 알게 되었다. 그런 일을 하지도 않았지만 하고 싶지도 않다는 것을 깨달았다. 회사와 그곳의 일은 내가 하는 수많은 것 중 하나일 뿐이었다. 잠시 새로운 세계를 접한 탓에 나도 모르게 온 신경이 쏠려있었다. 서툴렀지만 균형 잡기를 시작했다. 더 중요한 것과 덜 중요한 것을 구분했다. 내 마음과 자신을 앞서는 것들은 없었다. 가장 중요한 줄 알았던 회사의 일은 그리 우선순위가 높지 않았다. 그제야 전체를 늘어놓고 함께 바라보게 되었다. 그 안에서 나를 위한 자리가 어디인지 고민했다. 일에만 매달려 동동 떠 있다가 뒤늦게 땅으로 내려왔다. 일방적인 관계에서 벗어났다. 적절한 거리가 어느 정도인지 가늠하기 시작했다. 그렇다고 퇴근할 때 일을 나무에 걸어두고, 출근하며 꺼내오는 신명 나는 재주가 바로 생기진 않았다. 그래도 일이 나를 지배하는 일은 점점 사라졌다. 여전히 이리 치이고 저리 치이긴 했지만 잠식당하진 않았다. 진짜 중요한 게 무엇인지 잊지 않았다. 내가 없으면 일도 없었다. 나는 일이 아니었다. 회사에서 나를 잃지 않는 법을 터득하기 시작했다.

<복직과 퇴직의 저울>

시도 때도 없이 울리는 휴대폰과 잠 못 들던 일요일 밤이 생생하다. 어떻게 제정신으로 지냈을까 싶다. 정말 틈이 없었다. 회사 일 말고는 다른 아무것도 생각할 수 없었다. 깨어 있어도, 자고 있어도 그랬다. 일을 좋아해서가 아니었다. 일을 삶에서 떼어내지 못해 질질 끌려다녔다. 고지식한 모범생이 저지른 작은 균열은 큰 파장을 만들었다. 그날이 없었다면 입원 또는 퇴사, 둘 중 하나는 분명히 했을 것이다. 치열한 고통 속에 건져 올린 깨달음이 귀해서일까? 오늘의 저울 눈금은 어쩐지 어느 한쪽으로 치우치지 않는다. 망각의 동물답게 괴로움을 벌써 잊은 듯하다.

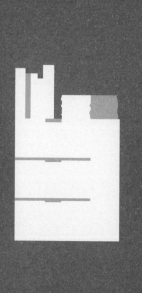

PART 2

고민
속으로

독특한 인연, 동기

다들 서로 다른 입장을 이해하기 위해 애를 쓴다. '내가 그 상황이었다면.', '그가 내 상황이었다면.'이라고 가정하면서 추측해본다. 아무리 해도 어딘가 부족하고 곧 한계에 부딪힌다. 실제가 아니기 때문에. 같은 자리에 서 있다면 괜한 헛수고가 필요 없다. 이미 같은 곳을 바라보고 있어서, 어떤 마음과 느낌인지 설명하지 않아도 된다. 시간이 지나면 처음의 그것들도 제각각 달라지겠지만, 최소한 시작되는 상황은 동일하다. 자의와 타의가 적절하게 섞여서 한배를 탄 것처럼 이어진 관계가 있다. 불안, 설렘, 초조, 기쁨, 걱정, 기대 등 출발점에서 가질 수 있는 여러 감정을 공유한다. 이런 사이를 '동기'라고 부른다.

　모든 인연에는 오고 가는 시기가 있다고 한다. 특정한 시간과 공간의 환경이 만들어져야 만나지는 사람들이 있다. '시절인연'이라고 불리는 이들은 내겐 언제나 동기였다. 애를 써도 만나기 어려운 인연이 있는 반면, 저절로 만나게 되는 인연도 있다. 동기는 시작하는 삶의 단계마다 자연스럽게 생겨나는 존재였다. 처음에는 '동기사랑 나라사랑'이라는 구호로 다가왔다. 똑같이 교복을 벗고, 개성에 맞는 옷을 입고 마주한 대학 동기들이다. 서로 다른 과정을 겪으며 자라왔지만, 그 순간에는 함께 서 있었다. 그리고 다시 같은 옷을 입고, 성별까지 같은 이들을 만났다. 같은 시기에 입대한 사람들이다. 살아오며 접하지 못한 다양한 배경을 지닌 인간들을 그곳에서 경험했다. 마지막 동기는 회사에서 만났다. 여러 가지 우연과 확률, 조건과 의지를 통해 한자리에 모인 사회 초년생 무리였다. 사회라는 넓은 바다를 향해 항해를 시작하는 순수한 무리. 그때의 우리가 그랬다.

입사하면서 한꺼번에 만났다. 회사원을 만드는 과정인 신입사원 교육 기간에 모였다. 그 수가 꽤 많았다. 어림잡아도 100명이 넘어 보여, 그리 넓지 않은 인간관계를 쌓으며 지낸 내겐 꽤 부담이었다. '어떻게 다 친해지지? 아니 어떻게 얼굴과 이름을 다 외우지?'라는 생각부터 했다. 뱁새가 가랑이를 벌려도 한계가 있었기에 나중엔 포기했다. 알 수 있는 사람들만 알았고 친해질 수 있는 사람들만 친해졌다. 짧은 어울림은 곧 끝나고, 뿔뿔이 흩어졌다. 눈에서 멀어지면 마음도 멀어지듯이 다시 보기 어려운 인연은 저절로 잊혔다. 그럼에도 동기라는 관계가 주는 특별함은 꾸준히 이어졌다. 기쁜 일과 슬픈 일이 있으면 가장 먼저 찾아주는 회사 사람은 동기였다.

지내는 곳이 회사이기 때문에 일로 만나는 일도 잦았다. 유독 관계가 좁고 얕은 탓에 쉽게 건네는 "그 팀에 동기 없어? 있으면 연락해봐.", "너희 동기 아냐? 한번 물어봐 줘."와 같은 말이 어려웠다. 동기라는 상대방의 이름부터 어색할 때도 있었고, 사진을 봐도 가물가물할 때가 많았다. 쭈뼛쭈뼛하며 뜬금없는 자기소개와 안부로 말을 시작했다. "나 00기 석준이야. 잘 지내지? 연수 때 보고 처음이네. 하하하." 친근함의 표시로 회사에선 있을 수 없는 반말도 유일하게 구사했다. 왜 갑자기 연락했는지 단박에 알아챈다. 한 번쯤은 같은 입장에 처해 봤기에 반갑게 맞아준다. 그럴 때면 넓고 넓은 회사 곳곳에 펼쳐진 우리의 끈을 다시 확인한다. 그 시절을 함께한 인연은 보이지 않는 끈끈함으로 유지되고 있었다.

처음 함께한 시간은 고정되어 있지만, 그 이후는 계속 흘러간다. 각각의 독특한 됨됨이에 맞게 하나씩 변화한다. 같은 회사 안에 있지만, 서로 바라고 원하는 바가 다르다. 누군가는 위를 바라보며 나아가고 올라가길 바란다. 빛나고 힘 있는 조직과 부서에 들어가서 열정과 야망을 활활 불태운다. 먼저 승진하고 직책을 맡는 이도 생겨난다. 누군가는 적당히 지내며 안빈낙도를 누린다. 주어진 몫을 묵묵히 해내며, 안정과 균형을 꾀하며 지낸다. 처음부터 그런 목적을 가졌을 수도 있지만 아닐 수도 있다. 잘 나가길 바랐지만 이루지 못한 이들도 있을 것이다. 하나의 점으로 모였던 동기들이 수많은 방향으로 흩뿌려져 있다. 동일한 출발점에서 시작했지만, 다음 발걸음은 모두 다른 곳으로 뻗어나갔다. 회사 구석구석에 박혀있는 그들의 이름을 볼 때면 괜히 묻고 싶었다. 지금 어떤 생각으로 회사에 다니고 있냐고.

더 이상 같은 곳에 몸을 담그지 않는 동기도 생겨났다. 회사 밖으로 향하는 놀라운 사람이다. 여러 동기가 퇴사했고, 이직했고, 전직했고, 창업했다. 초기에는 몇 명이 나갔는지 대충 알고 있었는데, 시간이 지날수록 그 숫자를 헤아릴 수 없었다. 오히려 아직 남아있는 사람들이 더 적고 귀한 느낌이었다. 뛰쳐나간 자들의 면면을 살피면, 처음 만났을 때부터 범상치 않았다. 한 곳에 갇혀 있을 만한 인물이 아니라는 느낌을 주었던 친구들. 하나 같이 톡톡 튀고, 활기찼으며, 개성 있고 밝았다. 때론 전혀 의외의 인물이 취하는 행동에 충격을 받기도 했다. 그러다가도 곧 좁고 얕은 인간관계 탓으로 돌리곤 했다. 그에 대해서 뭘 안다고 예상 밖이라고 할 수 있을까 하면서. 안에서 밖을 바라보면 그들의 결정과 결심이 대단함으로 다가온다. 대리 만족하는 마음으로 바라보게 된다. 들리지 않겠지만 항상 그들에게 큰 응원을 보냈다. 히어로물을 보며 영웅들에게 보내는 마음과 비슷하다. 절대 될 수 없는 존재에 대한 순수한 고마움이다. 어쩐지 모르게 고마웠다. 고여 있는 회사원에게 다른 가능성을 보여줬기에.

*

　나는 지금 안에도 밖에도 없다. 안에 있을 때는 특별히 위를 보지 않고 제 몫을 하기 위해 애썼다. 앞서고 싶은 마음은 없었지만, 뒤처지고 싶은 마음도 없었던 것으로 기억한다. 지금 있는 밖은 완벽한 밖이 아니라서 언급하기 적절치 않다. 돌아갈 곳이 있는 상태의 편안한 휴식은 돌아보지 않고 세상으로 나간 그들과 어깨를 나란히 할 수 없다. 수많은 동기를 떠올리면 자연스레 궁금함이 피어오른다. 그들은 나를 어떻게 생각하고 있을까? 자주 만나며 인연의 끈을 팽팽히 잡아당기던 시절을 떠올려 본다. 적응하느라 힘들고 어렵던 신입사원 시절에 서로 털어놓고 풀어내던 그때를. 그때의 나는 누구보다 불만이 많았다. 누군가가 나를 평한 적절한 표현이 남았다. "석준이는 말이 머리를 거치지 않고 성대에서 바로 나와." 오래 고민하지 않았고, 걸러내지 않았다. 지금은 많이 커서 달라졌다고 뭉개고 싶지만 쉽게 그러지 못한다. 최근 꽤 오랜 시간 옆에 붙어 있는 친구 파랑도 비슷한 평을 하고 있기 때문에. 회사라고 굳이 표리부동하게 지낸 것은 아니었구나 하며 다독여본다. 어디에서도 겉과 속이 다르지 않았구나 하면서. 좋은 건지는 모르겠지만 그게 나라는 사람이니 별수 없다.

멀리서 회사를 바라보면 가장 먼저 동기들이 떠오른다. 보고 싶다는 마음과는 조금 다르다. 나와 함께 시작한 그들이 궁금하다. 그 안에서 먹고살기 위해 아등바등할 때는 그마저도 어려웠는데, 여유가 생기니 호기심이 생긴다. 어떤 마음으로 일과 삶을 대하고 있을지. 매정하게 보고 싶은 건 아니라는 나와 다르게 가끔 안부를 물어주는 회사 사람도 동기뿐이다. 회사에서 만났지만 유일하게 일로 만난 사이가 아니다. 위도 아래도 아니고 누구에게 속해있지도 않다. 회사에 친구가 있을 수 있다면 유력한 후보가 아닐까? 신기한 관계이면서도 흔한 관계이기도 하다. 친해지고 멀어지고 위로하고 비교한다. 도움을 받기도 하지만 불편해하기도 한다. 여느 인간관계나 마찬가지다. 학창 시절 같은 교실에서 지내던 친구들과 똑같다. 처음 만난 그 순간은 투명했고 산뜻했다. 각자의 하얀 백지는 이제 모두 다르게 물들어 가고 있다. 같은 해에 태어났을 뿐 완전히 다른 삶을 살아가는 게 학교 친구들이다. 수많은 우연이 겹치고 겹쳐 출발선이 같았던 회사 동기들도 지금 그렇다.

이 독특한 인연은 마치 '향수'와 같다. 먼 고향을 그리워하는 시름처럼 회사를 떠올리면 느껴진다. 회사에서 뺄 것을 빼고, 모두 빼고 나면 동기만 남을 것이다. 같은 시간과 공간에서 만나 세상에 나갈 준비를 했던 그들. 이제는 서로 다른 길을 가지만 그때는 뚜렷이 남아있다. 회사를 떠올리면 하릴없이 그들이 찾아온다. 그곳에 돌아가더라도 그러지 않더라도 이는 변함이 없을 테다.

<복직과 퇴직의 저울>

동기라는 말은 특이하다. 선배, 후배와도 다르고 친구와도 다르다. 같다는 뜻이 들어있는 단어가 주는 거부할 수 없는 무언가가 있다. 그 느낌이 편했다. 항상 날이 서 있던 전쟁터에서 같음을 마주하는 순간은 어쩐지 마음을 내려놓을 수 있었다. 하고 싶은 회사 이야기를 허심탄회하게 나눌 수 있는 대상은 그들뿐이었다. 그 부분에 있어서는 가족, 친구, 배우자도 부족했다. 동일한 시·공간에 있었기에 함께 씹고 욕하고 물어뜯을 수 있었다. 오늘따라 유난히 그들이 궁금하다. 궁금함이 짙어지면 보고 싶어질지도.

자유자재 능력자, 선배

입사하자마자 한 선배가 말했다. "일단 집부터 사!"
"네? 전 아직 일도 시작 안 했고, 일도 배우기 전인데
요?" "아니, 있는 돈 없는 돈 다 끌어모으고 대출받아서
집부터 사!" 무슨 말을 해도 같은 말이 반복되었다. 나
를 생각해주는 말이었음에도 순서가 좀 이상했다. 일하
러 온 회사에서 나보다 먼저 들어온 이에게 기대했던
것은 이게 아니었다. 선배답게 일에 대해 알려 주길 바
랐다. 결국 그는 일 이야기를 끝끝내 하지 않았다.

우린 능력 있는 사람에 대한 선호와 부러움이 있다. 능력은 일을 감당해낼 수 있는 힘을 말한다. 일로 돌아가는 회사에도 능력 있는 사람과 능력 없는 사람이 있다. 오해는 하지 말아야 하는데, 능력이 없다고 힘이 없다는 의미가 아니다. 살아있는 사람이라면 힘은 다 있다. 그 힘을 어디에 쏟느냐의 차이다. 일에 힘쓰는 사람은 능력이 있고, 다른 데 쓰는 사람은 능력이 없다. 일을 감당하기 위해 애를 쓰지 않으니 능력이 있을 수 없다. 만나본 회사 선배들은 이렇게 깔끔하게 구분되었다. 누군가는 일을 마주했고, 누군가는 일을 피해 다녔다. 먼저 일을 시작한 사람들에게 품은 기대와 다를 때마다 당황했다. 일을 하지 않아서 일에 대한 경험이 없는 사람들을 보면 경악했다. 오래 머물렀다고 모두 일을 잘하는 게 아니었다.

좋은 것과 나쁜 것이 주어진다면 무엇을 먼저 원하는가? 난 먼저 두들겨 맞고 나서 단것을 맛보는 순서를 선호한다. 이상하게 계속 좋다가도 끝이 조금만 안 좋으면 찝찝한 마지막만 오래도록 남아서 나를 괴롭힌다. 마무리가 좋으면 전체가 다 좋은 듯한 착각이 든다. 훈훈하게 끝나야 다음에 올 희망이 좀 더 생생하게 느껴진다. 그런 의미에서 능력 없는 선배들을 먼저 만나보

자. 회사에서 힘을 일에 안 쏟고 도대체 어디다 쓸까?

*

직장인이라면 매년 초에 하는 연말정산의 중요함을 알고 있다. 지난해 괜히 억울하게 낸 세금을 조금이라도 돌려받기 위해 온갖 방법을 동원한다. 지금이야 멀리 해외에서도 뚝딱뚝딱 순식간에 처리가 가능할 정도로 간편해졌지만, 과거에는 그렇지 않았다고 한다. 전자 간소화가 잘 되어있지 않았던 시절에는 연말정산 업무만을 위한 별도 TF팀(Task Force, 특정 문제를 해결하기 위한 임시 팀)을 만들어서 운영했다. 한 선배가 같이 지내던 동료가 이리저리 너무 바쁘게 연말정산 업무를 해서 안쓰러워했다고 한다. 자기 것만 하기도 바쁜데 다른 구성원을 돕기까지 하려니 많이 힘들어 보였다고. 나중에 알고 보니 그 동료는 연말정산 TF팀원도 뭐도 아닌 것으로 밝혀졌다. 본인 연말정산에 힘을 쓰면서, 한 푼이라도 더 돌려받기 위해 두어 달을 그것만 했던 것이다. 그 일 말고는 아무 일도 하지 않아서 모두가 당연히 그 TF팀원인 줄 알았다고 한다.

이 같은 전설은 계속 이어진다. 전설은 두 파로 나뉘

는데, 일 안 하는 파와 일하는 척하는 파. 먼저 일 안 하는 선배를 만나보자. 무언가 아예 안 하려고 작정하면 답이 없다. 다른 사람을 움직이게 하는 것은 불가능하기 때문이다. 오래 있었던 선배일수록 뻔뻔함이 더욱 대단했다. 먼저 나서서 궂은일 맡기를 기대하지 않았다. 본인의 일만이라도 알아서 해준다면 좋겠다는 생각이었지만 오산이었다. 자연스러운 떠넘기기는 기본 스킬이다. "어, 이거 내 일 아닌데?" 하며 판단할 여유 없이 은근슬쩍 넘어와 있다. 한 선배는 문의 전화가 오면 "잠깐만"이라고 하면서 휴대폰을 들고 내게 천천히 다가왔다. "얘한테 물어보면 돼."라며 휴대폰을 넘겼다. 나중에 들어온 내가 알아봤자 얼마나 알았겠는가? 그저 처음부터 하나씩 알아보고 파악해서 처리해 나갈 뿐이었다. 더 기가 막혔던 일은 이미 한쪽 귀에 전화기를 대고 통화하고 있는 순간에 벌어졌다. 여느 날처럼 그 선배가 여유롭게 휴대폰을 딸랑거리며 걸어왔다. 비어 있는 반대쪽 귀에 본인 휴대폰을 살포시 가져다 댔다. 순간 너무 황당해서 양손의 두 전화기를 서로 다른 귀에 댄 채 말을 잃었다. 그만큼 그는 내가 어떤 상황인지 전혀 관심 없고 자기 일만 넘기고 싶었던 게다.

어떤 선배는 매일 아침 같은 것을 물어봤다. 처음에

는 모를 수도 있으니 알려주자는 마음으로 보람을 느꼈다. 이게 일주일을 넘어가자 많이 이상했다. 어떻게 이렇게 똑같은 것을 반복적으로 물어볼 수 있지? 이해하고 배우려 한다면 그럴 수 없을 텐데. 지쳐가던 중에 아주 조심스럽게 원리와 방법을 알면 혼자서도 할 수 있다고 말을 꺼냈다. 그는 다소 황당하다는 표정과 말투로 답했다. "그냥 이렇게 맨날 물어보는 게 편한데?" 어렵게 머리 쓰지 않고 필요할 때마다 도움을 받는 게 좋다고 했다. 다른 선배 하나는 나를 부러워했다. 이것저것 모르는 게 없다며. 난 직접 해봐서 알 뿐이었다. 그 선배는 아무것도 안 해서 모를 뿐이었고. 불행하게도 그 선배와 함께해야 하는 일이 생겼고 사건이 터졌다. 역시나 그는 아무것도 하지 않고 미루고 미루었다. 결국 일정이 펑크 나게 되자 참아왔던 분노가 뿜어져 나왔다. 사무실 한복판에서 소리 높여 "이러시면 안 되죠!"라고 외쳤다. 아차, 싶었지만 그 선배는 눈도 꿈쩍 안 하고 눈앞에서 유유히 사라졌다. 곧 한 패거리인 일 안 하는 선배들에게 뒷골목으로 끌려가서 한 소리 들었다. 별수 없이 그날 저녁 술자리에서 사과했다. 그는 별것 아니라는 듯 웃으며 사과를 받아들였다. 세상의 진리인 양 한마디 보태며. "너도 나이 들면 알 거야."

일 안 하는 선배에게 뒤처지지 않는 일 하는 척하는 선배를 소개한다. 남아있는 확실한 현장 증거가 많이 부족하다. 그게 그들의 능력이다. 교묘하게 리듬을 조절하며 생존한다. 윗사람이 있을 때와 없을 때의 에너지 레벨이 다르다. 무기력하기 짝이 없는 평소와 다르게 상사가 등장하면 슈퍼맨으로 돌변한다. 자기가 다 하고 있단다. 그의 말만 들으면 일의 처음부터 끝까지 모두 조망하고 챙기고 있는 사람은 그뿐이다. 최초 아이디어도 본인 것이고, 발생한 문제 처리도 자기가 했고, 성과도 자기가 냈다. 팀장이 흡족하게 돌아서면 다시 나 몰라라 버전으로 돌아간다. 어렵고 힘든 실무는 모두 다른 이에게 넘긴다. 본인은 빛나는 역할만 하고 싶은 거다. 말은 번지르르하지만 속은 텅텅 비어있다. 누구에게 어떻게 어필해야 하는지는 감각적으로 타고났다. 절대 들키지 않고 오히려 승승장구하기도 한다. 그럴수록 주변 사람은 속이 타들어 간다. 일 안 하는 선배보다 미치는 영향과 파괴력이 훨씬 크다. 하는 척하는 것도 결국 안 하는 것과 같다. 결국 똑같은 프리 라이더이며 남에게 피해를 준다. 지금 생각해도 피가 거꾸로 솟는 기분이다.

*

　일부러 능력을 발휘하지 않는 사람이 회사에 차고 넘쳐흘렀다. 어떻게 회사가 돌아가는지 의심스러웠다. 당장 망해도 이상하지 않았다. 그렇지 않은 데는 다 이유가 있었다. 온 힘을 일에 쏟는 능력 있는 선배들이 곳곳에 있는 덕분이었다. 수는 비록 적지만 일당백이었다. 먼저 직접 일을 찾아다니면서 맡았다. 힘든 일, 더러운 일, 가리지 않고 필요한 일이라면 해냈다. 남에게 미루지 않았고, 책임을 회피하지 않았다. 공과 사의 구분도 확실했고 뒤끝도 없었다. 회의 시간의 난상토론과 격한 논쟁도 그 안에서 끝났다. 회의실 밖으로 가지고 나오는 일은 없었다. 늘 여유가 있었고 유머를 잃지 않았다. 막중하고 수많은 일을 해내면서도 어떻게 바른 자세를 유지할 수 있는지 신기했다. 그러면서도 함께하는 동료와 후배를 챙겼다. 성과가 있으면 나누었고 고생하면 위로했다. 모든 게 한 사람의 특징은 아니었지만, 그들은 비슷비슷하게 닮아 있었다. 종종 일에 과도하게 몰두하는 이도 있어서 따라가기 버거워 힘든 적도 있었다. 혼자였다면 해보지 못했을 빡센 경험도 모두 성장의 발판으로 남아있다.

일하는 선배들에게 오는 위기는 일에서 오지 않았다. 일하지 않는 사람들이 그들이 일만 하게 가만두지 않았다. 상대적으로 자기들이 눈에 띄는 것을 싫어했다. 일하지 않는 자들은 일하는 자들을 험담하고 음해했다. 이길 수 없는 싸움이었다. 일하지 않으니 내려 앉히려는 전투에 쏟을 시간과 힘이 언제나 남아돌았다. 일하는 사람들은 일이 아닌 쓸데없는 갈등에 대응할 여력이 없었다. 무시하거나 꿋꿋하게 나아가기도 하지만 가끔은 안타깝게 말려들기도 했다. 그러고 나면 일하는 사람이 한 명 줄어들었다. 애써서 일하고도 이 모양이니 허망해서 나가떨어진 것이다. 적극적으로 도망쳐 밖으로 나가거나, 포기하고 일 안 하는 무리를 따랐다.

회사에서도 이런 상황을 모르지 않는다. 일하지 않는 사람들을 걸러내고 내보내려고 노력한다. 후하게 쳐주는 희망퇴직 제도를 실시하며, 제발 그들이 나가주길 기대한다. 결과는 언제나 반대다. 일 안 하는 사람들은 나갈 이유가 없다. 여기가 제일 편하고, 돈 벌기 쉽기 때문이다. 오히려 그들에게 질려버린 일하는 사람들만 나간다. 점점 더 악순환이 반복된다. 일 안 하는 사람의 비율은 계속 커지고, 남은 일하는 사람이 더 힘들어진다. 리더들도 누가 일하고 안 하는지 다 안다. 알면서도 안 하는 놈한테는 일을 줄 수 없다. 안 하니까. 그러니 하는 사람에게 계속 일이 갈 수밖에 없다.

*

분명 따뜻하고 희망 있는 이야기로 마무리를 지으려고 했는데 이렇게 돼버렸다. 회사는 능력 있는 사람과 능력 없는 사람이 뒤섞여 돌아간다. 옳다고 믿는 선을 행하고, 지켜나가기 어려운 것은 어디든 마찬가진가 보다. 두 무리에도 모두 각자의 이유와 사연이 있을 테다. 능력 없는 사람도 처음부터 그렇진 않았을 것이다. 힘들게 관문을 통과해서 어려운 입사를 해냈을 테니. 그럴 수밖에 없는 어떤 계기로 그렇게 변하지 않았을까? 능력 있는 사람도 처음에는 분명 어리바리한 시절이 있었을 테다. 만약 시작부터 그랬다면 그건 너무 반칙이다. 고민하고, 경험하며, 능력을 길러왔을 것이다. 회사에서 나보다 먼저 들어온 사람들을 보면 내 미래가 보인다. 어떤 사람이 되고 싶은지는 분명하다. 회사는 일하는 곳이다. 본인 능력을 일에 쏟아야 한다. 남들보다 더 열심히 하고, 더 많이 하자는 이야기가 아니다. 자기 자리에서 맡은 바를 해야 한다. 서로 간의 약속이며 의무이자 책임이다. 어떻게든 덜 일하고, 빠져나가고, 도망치는 건 모두에게 좋지 않다. 무능력자와 능력자 모두에게 배웠다. 절대 그렇게 되지 말아야 하고 꼭 그렇게 되고 싶다는 것을.

<복직과 퇴직의 저울>

여러 종류의 선배가 머릿속을 스쳤다. 그 선배는 아직도 그럴까? 그 선배는 여전히 멋질까? 혼자 할 수 있는 경험은 한계가 있다. 각자의 깨달음을 행하는 수많은 사람을 만나는 것은 행운이었다. 닮지 말아야 할 것에는 경각심을 가졌고 닮고 싶은 것에는 탐욕스러운 눈길을 떼지 않았다. 그들의 가르침은 여전히 유효하다. 가지 말아야 할 길과 가고 싶은 길을 구분하게 해 주었다. 회사에서 일보다 더 귀한 삶의 자세를 깨우쳤다.

나중에 들어온 동료, 후배

언제나 아래는 편했다. 위를 보며 쉽게 판단하고 욕했다. 이 사람은 이래서 안 되고, 저 사람은 저래서 안 됐다. 나보다 먼저 들어온 그 시간이 안타깝기까지 했다. 도대체 무얼 하며 허송세월을 보냈길래 저 모양일지 궁금했다. 상황은 금방 역전됐다. 더는 내가 가장 나중에 들어온 사람이 아니었다. 해가 바뀔 때마다 아래로 줄줄이 새롭게 들어왔다. 단단한 맨바닥을 지지하고 있을 때와는 달랐다. 허공에 붕 뜨고, 밑이 그들로 채워졌다. 의도치 않게 아래가 생기면서 저절로 위가 되는 기분은 쉽지 않았다. 생각보다 아래가 있다는 느낌은 불편했다. 한쪽만 신경 쓰다 양쪽을 이리저리 한 번에 살피는 건 보통 일이 아니었다.

후배를 보면 선배를 보던 내가 떠올랐다. 선배에게 기대가 높았다. 일에 대해서도 마음에 대해서도. 선배라면 무조건 나보다 일을 더 많이 알고 잘해야 했다. 또한 회사 생활하면서 주변, 특히 아래를 챙길 줄 알아야 했다. 실제로 그런 선배들이 있었다. 언제나 여유롭게 일을 척척 해내면서도 물심양면으로 도왔다. 먼저 들어온 사람을 보며 가졌던 기대가 고스란히 내게 돌아왔다. 묵직하고 날카로운 그것은 감당하기 쉽지 않았다. '지금 누가 누굴 챙기지?'라는 생각이 절로 들었다. 내 코가 석 자, 넉 자 마구 늘어만 가는 상황이었다. 그동안 받을 줄만 알았지 줄 줄은 몰랐다. 기껏해야 제대로 못 받으면 이것도 못 준다고 불평불만을 늘어놓기 일쑤였다. 후배였던 시절엔 그랬다. 후배가 생기기 전까지는 선배가 되리라고는 생각지도 못했다.

되고 싶고 되기 싫은 모습은 분명했다. 닮고 싶은 선배가 되고, 쳐다보기 싫은 선배가 되기 싫었다. 위에 바라는 대로 아래에게 해줘야만 했다. 그들 앞에서는 조금이라도 나은 모습을 보이고 싶었다. 모든 부분에서 그들보다 앞서야 한다고 믿었다. 선배로서 보여줄 당연한 자세라고 여겼다. 부족한 선배를 비판해온 만큼 다르게 할 수 있다고 확신했다. 싫은 사람이 되고 마는 끔찍한 일은 있을 수 없었다.

*

　언제부터 마음이 삐뚤어졌을까. 아마 그들이 일에 익숙해지면서부터였다. 나중에 들어온 자의 일 처리에 놀랄 때가 생겼다. 생각지도 못한 아이디어에 움찔하는 경우도 있었다. 적응되고 나면 곧 그들 본연의 실력이 드러났다. 이럴 때면 표정 관리가 잘 안됐다. 쭈뼛쭈뼛 어색한 칭찬을 하면서도 속은 타들어 갔다. '어떻게 벌써 이럴 수 있지? 난 지금도 어려운데…….' 놀라움이 티나지 않도록 감추는 게 일이었다. 제삼자가 전해주는 칭찬은 더욱 나를 움츠러들게 했다. "이번에 들어온 그 친구 정말 괜찮지 않아? 일도 정말 잘하고 태도도 훌륭하고 말이야." 동의 말고는 할 게 없는 대화는 날 구석으로 몰았다. 선배와 후배라는 위아래 관계는 뾰족한 질문을 던졌다. '도대체 너는 뭐 하고 있니?'라며 뭔가 보여줘야 한다는 조바심이 졸졸 따라다녔다.

나보다 더 중요한 일을 맡게 되면 상황은 더 심각해졌다. 아무도 뭐라고 하지 않았는데 괜히 부족함에 찔렸다. 좋고 멋진 일의 기준은 명확하지 않았지만, 내가 보기에 그러면 그런 것이었다. 누가 봐도 훌륭한 성과를 빠른 시일 내에 만들어오면 온몸에 식은땀이 났다. 가장 결정적인 순간은 따로 있었다. 핵심 상급 부서, 그러니까 소위 말하는 힘 좀 쓰는 조직으로 이동할 때였다. 오라고 해도 가고 싶은 마음이 없었지만, 그들을 '모셔가는' 모습을 보면 쓰라렸다. 그게 나에게 오라고 하지 않아서 그랬다는 건 나중에 깨달았다. 그땐 완전히 무너졌다. 초라함, 열등감, 패배감 모두 느꼈다.

쪼그라드는 기분에 자주 괴롭힘당했다. 이미 난 그들의 선배도 뭐도 아니었다. 여전히 마지막 자존심처럼 평온하게 대하며 흔들리지 않으려고 노력했지만 속은 그렇지 않았다. 동기나 선배에겐 느껴지지 않던 다른 느낌이 있었다. 그들이 아래라고 철저하게 믿고 있었다. 절대 나를 뛰어넘을 수 없는 존재라고 여겼던 게다. 밑이라고 확신했는데 나를 넘어서자 용납할 수 없었다. 단순한 경쟁자로서 주는 아쉬운 감정이 아니었다. 마치 신분사회에서 아래 계급이 나를 뛰어넘고, 위에 군림하는 상황 같았다. 그렇지 않고서는 온갖 복잡한 감정이 설명되지 않았다. 이성적인 이유는 없었지만 내 뒤에 들어온 그들이 나를 앞서는 일은 없어야만 했다.

그들을 아래로 보는 자세는 갑옷처럼 굳게 입혀져 있었다. 뻬딱한 자세는 일 바깥에서도 뿜어져 나왔다. 그들과 어울릴 때가 편했다. 밥을 먹든, 술을 마시든 회사 밖에서 지낼 때 함께 있는 게 좋았다. 나에겐 그들이 아랫사람이었기 때문이다. 눈치 보고, 신경 쓰지 않아도 될 존재였다. 내가 그들에게 예의와 매너를 지키는 것은 호의였다. 그들이 내게 그러는 것은 아래로서의 당연한 의무였다. 왜 그땐 이렇게 생각하지 못했을까? 입장만 살짝 바꿔 봐도 선배인 내가 그들은 불편했을 것이다. 내가 선배들을 그렇게 여겼듯이 말이다. 아마 이런 생각을 굳이 꺼내기 싫었을 정도로 그 관계가 편해서 그랬을 테다. 확실한 상하 관계의 매력은 위에서는 절대 먼저 놓지 않으니까.

한 번은 후배가 건넨 의외의 옳은 말에 흥분했었다. 내가 먼저 꺼낸 이야기는 특별하지 않았다. 너무도 당연한 상식이라고 믿는 것 중 하나였다. 차분히 듣던 그가 조용히 입을 열었다. 차근차근 이어지는 의견은 예상 밖이었다. 완전히 다른 생각을 가지고 있었다. 내 얼덜은 당황스러움에 후끈 달아올랐다. 무조건 100% 동의할 것을 예상했다. 반박하는 내 목소리가 커지고 억양이 강해졌다. 이러면 안 되는 것을 알면서도 강하게 몰아붙였다. 그는 차분했고 끝까지 자기의 의견을 고수했다. 결국 난 속으로 씩씩대며 포기했다. 별수 없는 못난 선배였다. 후배를 동일한 눈높이에서 보지 못하고 있었고, 내 말에 순순히 따르기만을 바라고 있었다. '아, 이게 바로 꼰대구나.' 싶었던 결정적인 순간이었다.

꼰대의 시선으로 그들을 판단하는 버릇은 쉽게 고쳐지지 않았다. 인사를 제대로 안 하는 후배를 보면 화가 치밀었다. 정확히는 원하는 대로 인사를 안 해서인 것을 모른 척하면서. 일이 힘들다고 토로하는 후배를 보면 한심했다. 얼마 전까지만 해도 힘들어 죽을 뻔했던 올챙이 적을 벌써 잊어버리고. 개념 없이 구는 후배를 보면 한 대 쥐어박고 싶었다. 그들의 개념이 내 개념과 다르다는 것을 무시하고. 연차가 쌓이고 후배들이 늘어갈수록 점점 심해졌다. 왜인지는 몰랐지만 후배라면 마땅히 그러면 안 된다고 여겼다. 꼰대를 만드는 건 절대 위에 있는 우리가 아니라 룰을 지키지 않는 그들이라고 믿었다.

*

후배에 대해 쏟아부은 여기까지의 글을 꼼꼼히 돌아본다. 모든 것의 원인이자 시작이 눈에 들어온다. 바로 '위와 아래'였다. 선배와 후배는 그런 관계가 아니다. 먼저 들어오고, 나중에 들어왔을 뿐이다. 언제부터인지 모르게 당연히 내가 위에 있다고 착각해왔다. 불쾌함은 그것 때문에 생겨났다. 동일한 관계라면 가졌던 괜한 고집은 모두 헛것이었다. 서로의 특징과 장점이 다른 게 당연했고 모든 면에서 내가 월등해야 할 이유도 방법도 없었다. 내 상식과 생각을 그들이 따라야 할 필요도 의무도 없었다. 우리의 관계는 실력이나 사람됨이 위아래로 나누어지는 것이 아니었다. 일을 잘하고 못하는 것도, 사람이 잘나고 못난 것도 정해져 있지 않았다. 후배는 내 아래가 아니었고, 나중에 들어온 회사 동료일 뿐이었다. 불편했던 높낮이를 같은 눈높이로 돌려놓고 나니 마음이 편해졌다. 이제 그들을 마주하면 전과는 좀 다르게 대할 수 있지 않을까?

<복직과 퇴직의 저울>

그땐 그들을 바라보면서 내가 조금이라도 못나 보이면 며칠이 괴로웠다. 나를 윗사람으로 대하지 않으면 또 며칠이 괘씸했다. 위아래를 지우고 나니 이제야 그들이 깨끗하게 보인다. 그들은 나였다. 조금 나중에 들어온 나. 위치는 같았고 사람은 달랐다. 같은 일을 해나가는 서로 다른 우리였다. 기대고 힘이 되어줄 수 있는 관계를 망연히 놓치고 지냈었다. 보고 싶은 사람이 몇 있다. 그들도 내가 그랬으면 좋겠다.

치명적인 존재, 상사

따지고 보면 회사에 가기 싫은 이유는 결국 이 사람 때문이다. 바로 리더, 팀장, 부장, 보스 등 뭐라고 부르든 내 위에 있는 사람. 선배, 후배, 동료는 더러우면 피할 수 있지만 이들은 그럴 수 없다. 회사에 다닌다면 어쩔 수 없이 꼭 부딪혀야 한다. 원하지 않아도, 일을 위해 언제나 존재한다. 어느 자리에 올라가도 항상 위가 있다. 그는 내게 뭐라고 하는 존재다. 일에 대해 유일하게 권한과 힘으로 판단과 지시를 할 수 있다. 쉽게 말하면 '강제성 있는 잔소리'를 지속해서 한다. 대충 흘려들고 무시할 수 없다. 그는 나를 평가도 한다. 회사에 있는 나라는 존재의 가치를 측정한다. 어지간한 철면피 똥배짱이 아니라면 상사를 마냥 없는 사람 취급할 수 없다.

직장 상사와 나의 관계는 분명하다. 위아래가 선명하다. 그는 위에서 나를 내려다보고, 나는 아래에서 그를 올려다본다. 나는 그에게 모든 것을 알릴 의무가 있지만, 그는 내게 그렇지 않다. 내가 그를 존중하는 것은 당연하지만, 그는 그럴 필요가 없다. 그는 내게 묻는 것이 일상이지만, 나는 그에게 묻기가 불편하다. 내가 하는 일에 대한 의미를 설득해야 하지만, 그가 하는 일은 그 자체로 의미가 있다. 불공평하고 무자비하다. 도망칠 곳 없는 불편한 구도는 직장인을 힘들게 한다. 모든 회사의 고통과 스트레스는 상사에게서 나온다. 나머지는 그저 주석에 불과하다.

10년 동안 꽤 많은 상사를 만났다. 그들을 떠올리면 지난 회사 생활이 주마등처럼 스쳐 지나간다. 그 시간을 사람으로 줄인다면 딱 그들만 꼽으면 된다. 사람은 모두 다르고 장·단점이 있다. 각각의 사람됨을 늘어놓고 논하는 것은 의미가 없다. 직장에서의 이끄는 자로

서만 상사를 기억하고 추억한다. 위에 있는 자에게 요구되는 자질은 정해져 있다. '말'이 통해야 하며 '일'을 잘해야 한다. 그리고 '사람'을 생각할 줄 알아야 한다. 너무도 당연한 이야기지만 결코 그렇게 흘러가지 않는다.

*

인간관계는 말, 즉 대화로 통한다. 흔히 말하는 사람 사이의 소통이 그것이다. 말이 통하지 않는 상사는 권위적이며 군림한다. 말이 한쪽으로만 흐른다. 위에서 아래로 끊임없이. 반대는 상상조차 할 수 없다. 그의 말이 법이요, 진리다. 자유롭게 의견을 내라고 하지만 턱도 없다. 결국 자기 생각대로 진행한다. 토를 달면 토 나올 때까지 잔소리를 듣는다. 이렇다 보니 일은 안 하고 상사 눈치만 살피게 된다. 무엇을 좋아하는지, 기분이 어떤지, 그에게 맞추려고만 하게 된다. 그야말로 그의, 그에 의한, 그를 위한 조직이다. 하나의 왕국과 같아서 일터 밖에서의 모임도 강압적이다. 평일 저녁 술자리, 주말 등산모임은 참석이 필수다. 물론 최초의 안내는 '자율 참석'이다. 이를 믿고 빠지는 날에는 다음번 회의에서 톡톡히 대가를 치르게 된다. 그땐 뭘 해도 무조건 깨지는 날이다. 1+1이 2라고 해도 혼나는 진기한 순간이다. 그는 우리에게 말할 수 있지만, 우리는 그에게 말할 수 없다.

물론 대화를 나누는 상사도 있다. 서로의 생각을 듣고, 이해하려고 노력하는 관계다. 수평의 위치에서 눈을 마주 보며 이야기할 수 있다. 모르면 가르쳐주고 다르면 설득한다. 말이 양쪽으로 흐르면 관계에 이롭다. 양쪽의 입장을 알게 되고, 배려하게 된다. 함께 고민하고 내린 결정은 모두의 것이 되어 같이 애를 쓰게 된다. 이들이 의견을 물을 때는 진짜다. 정말로 궁금하고 필요해서 묻는다. 나만의 테두리에서 나온 부족해 보이는 생각도 유심히 들어준다. 그 생각이 반영된 결과를 보게 될 때는 감탄이 절로 나온다. 이걸 이렇게 살릴 수 있구나, 진짜로 내 의견을 받아주었구나 하면서. 말이 통하는 관계는 불편하지 않다. 불편한 일이 생겨도 말로 풀면 된다.

회사는 무엇보다도 일하는 곳이다. 일하는 곳에서 일을 잘하지 못 하면 힘들다. 일을 잘 못 하는 사람이 리더라면 구성원 모두가 괴롭다. 무능력한 상사는 무엇이 가장 중요한지 모른다. 우선순위가 없다. 전부 다 중요하다고 한다. 선택과 집중이 없다. 모든 일에 힘을 주고, 최선을 다한다. 그래서 그를 따르는 사람들은 죽어난다. 과녁을 정하고 집중해서 몇 발을 쏘아야 하는데, 그렇지 못하고 수백 발, 수천 발을 쏘라고 주문한다. 뭐가 중요한지 모르겠으니 최대한 많이 쏘라고 한다. 쥐어 짜이면 어느 한 발도 제대로 쏠 수 없다. 성과가 날 리가 없고, 그러면 더 많이 쏘라고 난리 친다. 중요한 것을 모르니 적절한 지시를 못 한다. "난 잘 모르겠으니 그냥 좀 알아서 해 와라." 딱 이런 자세로 일을 시킨다. 이건 일을 해가도 문제다. 뭘 모르니 제대로 봐줄 수가 없다. 그때그때 뒤죽박죽 아무 말 대잔치가 벌어진다. 또 다른 최악의 장기는 '일 받아오기'다. 판단이 되질 않으니 여기저기서 온갖 일을 가져온다. 위에서 던지면 받고, 저쪽에서 떠넘겨도 받는다. 조직은 일의 홍수 속에서 가라앉을 수밖에 없다. 침몰하는 상황에서도 숨 못 쉬는 직원들을 쪼아댈 뿐이다.

일할 줄 아는 능력자는 다르다. 뭐가 중요하고 먼저인지 명확히 안다. 버리고 포기할 것은 과감하게 쳐낸다. 집중해서 해야 할 것에 매달려서 실적을 만들어 낸다. 팀원을 적확히 파악하여 적재적소에 투입한다. 또 일의 효율만이 아니라 사기도 올린다. 그들은 당근과 채찍의 마술사다. 부족한 점은 칼같이 전하지만, 뒤끝이 없다. 잘한 것은 자부심이 들도록 적절하게 칭찬한다. 툭 치면 끊어지는 긴장 상태를 항상 유지하기보다는 쥐었다 폈다 한다. 일할 때는 제대로 하고, 쉴 때는 제대로 쉰다. 일이 없고 늘어질 때는 풀어준다. 없는 일을 만들지 않는다. 그가 다시 모이자고 하면 모두 귀를 쫑긋 세우고 모여든다. 정말 중요한 일이라는 믿음이 있어서다.

어쨌든 그곳엔 '사람'이 모여 있다. 말을 하든 일을 하든 모두 사람이 한다. 사람을 생각하지 않는 사람은 힘들다. 다른 사람을 힘들게 만든다. 그들은 '일 중독자'로 불리며 살아간다. 앉으나 서나 일 생각뿐이다. 24시간이 모자라다. 결정적인 순간은 일과 사람이 부딪칠 때 찾아온다. 일반적으로는 일이 우선이냐, 사람이 우선이냐 고민한다. 그들은 그렇지 않다. 일과 개인의 삶은 부딪칠 수 없다. 개인의 삶이 이미 일에 들어있기 때문이다. 내가 일이고 내가 회사다. 사람이 우선일 수 없다. 한 번은 아주 가까운 친척의 장례를 치르러 갔다. 아무것도 신경 쓰지 말고 잘 다녀오라는 그의 말을 곧이곧대로 믿고, 모든 일을 뒤로하고 떠났다. 슬픔에 지쳐 새벽에 눈을 조금 붙이고 일어났다. 그에게 평소와 다르지 않게 업무 문의 연락이 왔다. 아무렇지 않은 그의 태도도 싫었지만, 싫은 티 내지 못하고 열심히 답하는 내 모습이 더 싫었다. 누구에게는 사람보다 더 중요한 일이 있구나 싶은 순간이었다. 그 이후로 난 절대 일을 사람보다 앞에 두지 않았다.

공과 사를 구별하듯이 일과 사를 구분하는 사람도 있다. 어떤 경우에도 일이 개인을 앞서지 않는다. 단순한 일 중독자와 궤를 다르게 만드는 기준이다. 가족이 아프면 바로 집으로 돌려보낸다. 어떤 질문도 확인도 없다. 당연히 어떠한 연락도 없다. 이제 괜찮다는 당사자의 연락만 있을 뿐이다. 일보다 사람을 궁금해하고 챙긴다. 단합을 위한 회식 자리에서는 사람을 이야기한다. 굳이 회사 밖으로까지 일을 질질 끌고 오지 않는다. 함께하는 구성원은 일을 위해 다니는 기분이 들지 않는다. 나를 위해, 나라는 사람을 위해 일한다는 기분이 든다. 사람을 먼저 생각하는 상사는 사람을 살게 한다.

*

지금껏 언급한 상사는 개개인을 특정하지 않는다. 각각의 특징이며, 누군가는 여러 가지를 복합적으로 가졌다. 좋은 면만 두루 가진 사람은 찾아보기 어렵지만, 나쁜 것을 모조리 가진 끝판왕은 종종 보인다. 뚜렷한 장점은 열심히 골라서 배우려고 했다. 싫어하는 점은 티내지 않고 견디려 했지만 어려웠다. 10년이면 강산이 변하듯 직장 상사들도 많이 변했다. 강압적이고 수직적인 관계는 이제 대놓고 드러내지 못한다. 속으로는 어떨지 몰라도 겉으로는 거부할 수 없는 변화다. 물론 여전히 다양한 형태로 부조리와 비합리가 존재한다. 듣고도 믿기지 않는 옆 팀장의 온갖 막무가내 만행은 지금도 벌어지고 있다. 여기서 한 가지 의문이 든다. 왜 회사는 그런 사람들을 리더로 골랐을까? 분명히 무언가 잘난 구석이 있어서 뽑았을 텐데 성공 확률이 이리도 낮은 이유는 무엇일까?

위에 올라가면 변한다고 한다. 밑에서 일하는 것과 위에서 일하는 게 다르다고 한다. 혼자서 일 잘하던 사람도, 팀장이 되면 팀장 일을 못 하기도 한다. 멋지게 올라갔던 사람도 포기하고 내려오기도 한다. 아예 요즘엔 팀장 자리를 서로 안 맡으려는 분위기도 있다. 옆에서 보아하니 책임만 늘어나고, 사람을 이끄는 게 보통일이 아니어서일 테다. 해보지 않아서 모르겠다. 직접해보지 않으면 이해하지 못해서 아직 알 수 없다. 가보지 않은 길이어서 궁금하긴 하다. 꼭 되고 싶다기보다는 '그 자리에 서면 어떤 모습이 될까?' 하는 호기심이다. 하고 싶다고 시켜주는 일은 없겠지만, 그곳으로 돌아간다면 한 번쯤 해보고 싶다. 회사에서 떨어져 있었더니 없던 만용도 생기나 보다. 괜히 다를 수 있을 거라는 믿음도 가져본다. 매정한 현실과 씨름해보면 내 위에 있던 그들을 이해할 수 있으려나.

<복직과 퇴직의 저울>

다행히 괜찮은 상사들과 지냈다. 말도 안 되는 사람보다는 말이 되는 사람이 많았다. 나를 알아줬고, 챙겼다. 덕분에 10년이라는 긴 시간을 퉁겨져 나오지 않고 붙어있을 수 있었다. 감사하다는 생각이 들 때면 가장 먼저 떠오른다. 회사 다닐 때는 바쁘다고 연락을 못 했는데, 지금은 오래 지났다는 핑계로 못하고 있다. 스승과 리더. 한 번쯤 상상해보지만 둘 다 못 해봤다. 그곳에 돌아가면 하나는 해볼 수 있지 않을까?

회사를 채우는 단 한 가지, 회의

회사에 일하러 간다는 말이 새빨간 거짓말이라는 것을 아는가? 회사에서는 일하지 않는다. 회의만 한다. 회의로 시작하고 회의로 돌아가고 회의로 끝이 난다. 주간회의, 월례회의, 분기회의, 신년회의, 연말회의, 팀 회의, 본부회의, 부문회의, 연합회의, 실적회의, 전략회의, 마감회의, 긴급회의, 대책회의, 아이디어 회의, 협력회의, 협상회의, 협의회의, 조정회의, 점검회의……. 이놈의 회의만 없어도 집에 일찍 가겠다는 생각을 많이 했다. 자리에 진득하게 앉아서 정리할 틈 없이 몰아쳤다.

마치 내리는 비 없는 곳의 지하수 펌프처럼 연신 짜내지기만 하는 기분이었다.

회의가 쓸데없고 쓸모없다는 말은 아니다. 회의는 필요하다. 다수의 생각을 잘 모아서 가장 좋은 결론을 만들어 내기에 적절하다. "그럼, 회의는 유용한 업무 처리, 의사 결정 수단 맞네요. 뭐가 문제죠?"라고 한다면, 진짜 회의를 못 해본 사람이다. 회사의 회의는 전혀 그렇지 않다. 회의는 혼자가 아닌 여럿이 모여 의논하는 자리다. 제각각 다른 사람이 나름의 상황과 목적으로 몰려들면 예측하기 어려운 방향으로 흘러간다. '아까운 내 시간 돌려줘!'라는 생각이 튀어나오는 회의가 흔했다.

'회의 문화'라는 게 있다. 뭔가 거창해 보이지만 별거 아니다. 명확한 목표 정하기, 지각하지 않기, 자료 미리 보내기, 정해진 시간 내 끝내기, 결론 내리기, 적극적인 의견 개진하기. "너무 당연한 거 아닌가요?"라고 할 수 있다. 안타깝게도 내가 다니는 10년 동안 이것들을 제발 좀 지키자고 회사는 '회의 문화 개선'을 매년 부르짖었다. 그래도 안 된다. 적절한 기준을 통과한 멀쩡한 성인이 모여 있는 곳인데도 상식이 지켜지지 않았다. 회의 시간×참석자 수만큼의 자원이 해당 회의에 쏟아 부어지는 비용이다. 모이는 사람의 귀중한 시간을 생각한다면 꼭 지켜져야 한다. 슬프게도 기본이 안 되어있는 회의가 많아도 너무 많았다.

*

최악의 회의는 "일단 모여 봐."로 시작하는 회의다. 도대체 왜 모였는지 모르는 회의다. 참석자도 아무 안내를 못 받고 일단 왔다. 재밌는 건 주최자도 모른다. 모이면 그때부터 처한 상황을 알려준다. 정확히 파악도 안 되었고, 방향과 목적도 없다. 주어진 자료만 줄줄 읊는다. 제대로 된 의견이 오고 갈 리 없다. 모인 것 자체를 일로 보는 전형적인 회의다. 회의를 위한 회의. 이번 주 한 일에 '우리 이렇게 모였음.'이라고 한 줄 적으려는 회의. 이런 회의의 마지막 고정 멘트가 있다. "다음 주에 다시 모이시죠!" 아무 소용없다. 이대로 1,000번을 만나도 똑같다.

마구 떠오르는 온갖 종류의 재미난 회의가 있으니 계속 함께 들여다보자. 가장 빈도가 많은 형태는 '숙제 검사 시간'이다. 회의 자리 배치가 정해져 있다. 상사가 가운데 앉고 나머지가 둘러서 앉는다. 한 명씩 돌아가면서 눈을 마주칠 수 있는 구도다. 각자 자기가 무엇을 하며 살고 있는지 말한다. 주로 한 것과 잘한 것을 말한다. 안 한 것과 못 한 것은 말하지 않는다. 상사는 안 한 것과 못 한 것을 묻는다. 그때부터 당황하다가 당한다. 혼내고 혼나는 자리다. 학교에서도 단체로 체벌받을 때, 나중에 맞으면 선생님이 힘이 빠져서 훨씬 덜 아팠다. 혼나는 회의에서 가나다 이름순으로 발언할 때, 내 '히읗' 성씨가 얼마나 자랑스러웠는지 모른다. 절망적이었던 순간은 누군가 "이제 순서 거꾸로 하시죠!"라고 제안했을 때다.

끝날 때까지 끝나지 않는 회의도 있다. 바로 '아이디어 짜내기'. 기가 막힌 생각이 나올 때까지 한 발짝도 회의실 밖으로 나갈 수 없다. 한 공간에 몰아넣고, 한바탕 쥐어짜기가 벌어진다. 극한의 상황으로 몰아붙이면 없던 영감도 나오고 말 거라는 믿음 때문이다. 그렇다고 아무거나 던지면 바로 막힌다. 생각 좀 하고 말하라고 한다. 이쯤 되면 아이디어가 아이디어가 아니다. 완벽하고 무결점인 완성품을 바란다. 아주 가끔 그분이 오실 때가 있다. 무조건 통과할 각이다. 쉽게 이야기 꺼내기 어렵다. 아이디어가 채택되면 나올 말이 뻔하기 때문이다. "좋습니다! 이거 담당해서 진행해주세요." 그야

말로 진퇴양난이다. 회의가 끝나야 내 일을 마무리하고 집에 갈 수 있다. 멋진 아이디어를 내면 일이 늘어나서 더 늦게 간다. 숨 막히는 내적 갈등을 겪는다.

　깔끔한 회의도 있다. 일명 '답정너 퀴즈쇼'. 분명히 상사는 답을 갖고 있다. 우리가 맞추기만 하면 해피엔딩이다. 전혀 힌트를 주지 않는다. 답이 있다는 사실도 절대 알리지 않는다. 원하는 답이 나올 때까지 끝나지 않는 스무고개가 계속된다. 상사는 우리를 답답한 눈초리로 보지만 당하는 우리가 더 답답하다. 속 시원하게 말해주면 될 것을 끝까지 애태운다. 꼭 우리 입에서 나와야만 끝나는 게임이다. 우연히 누군가 맞추면 행복하게 마무리된다. 정해진 시간이 되도록 못 맞추면 슬픈 일이 벌어진다. "다음 회의 시간까지 고민해 오세요."로 마무리되기 때문이다. '오 마이 갓! 모른다고 혼나도 좋으니 제발 지금 알려주세요.'라고 속으로 울부짖을 수밖에 없다.

*

　회의가 시작되면 생각보다 조용하다. 기본을 갖춘 정상적인 회의라도 그렇다. 참석하는 여러 사람의 입장을 듣고, 서로 다른 생각을 나누는 시간치고는 많이 고요하다. 잡음 없이 깔끔하게 의견이 모일 리가 없는데, 큰 부딪힘이 없다. 아예 발언이 없는 참석자도 많다. 모두 경험치가 쌓일 만큼 쌓여서 그렇다. 괜한 토론과 논쟁이 얼마나 스스로 지치게 하는지 알아서다. 회의실 안에서의 일이 회의실 밖으로 따라 나온다는 것도 큰 교훈이다. 일로 따지고 들면 사람에게 따진다고 이해한다. 특히 후배가 선배에게 그렇게 했다가는 하극상이라고 난리가 난다. 가급적 조용히 숨죽이는 이유다. 좋은 게 좋은 거지 하면서 싫은 소리를 하지 않게 된다. '자유로운 토론 문화를 지향합니다!'라는 회의실 한쪽 벽의 문구가 민망해진다.

어찌어찌 정해진 시간이 지나고 나면 적당한 결과물이 나온다. 표면적으로는 모두 합의한 것 같지만, 심정적으로는 그렇지 않다. 다듬어지지 않은 결론은 날카롭지 않다. 좋은 성과로 이어지는 일은 드물다. 안타깝고 괘씸한 일은 실패하고 나서다. "그럴 줄 알았어!"라고 침묵했던 사람들이 뱉는 책임감 없는 말이 어디선가 들린다. 치열하게 의견을 나누어야 할 때는 별말 없다가 잘 안되고 나니까 말이 많아진다. 원래부터 그럴 것 같았다느니, 애초에 이러이러한 점이 문제였다느니, 나였으면 그렇게 안 할 텐데라느니. 나중에 딴소리를 하는 사람은 분명 잘못이다. 아무 말도 할 수 없는 회의도 문제다. 더 좋은 결론을 만들기 위해서는 모두의 생각이 모여야 한다. 입을 떼지 않는 회의는 쓸모가 없다.

침묵만큼 많이 벌어지는 게 '눈치싸움'이다. 회의는 협업을 목적으로 진행한다. 참석자가 하나의 목표를 달성하기 위해 힘을 모아야 한다. 모으는 힘이 정확히 1/N로 똑같이 나누어지면 좋겠지만, 현실적으로 그럴 수 없다. 결국 주도해서 이끄는 이가 필요하다. 회의가 회의로 끝나지 않고, 실제 일로 이어지려면 그래야 한다. 이때 탄생하는 자가 이름도 거룩한 '담당자'다. 담당자가 되면 뺄 수 없는 깊숙한 말뚝처럼 단단하게 고정되는 느낌이다. 그 일은 물론 비슷한 향기가 나는 모든 관련된 일에 투입된다. 한마디로 완벽한 나만의 할 일이 생긴다. 담당자를 피하기 위한 피 말리는 신경전이 회의 시간에 벌어진다. 특히 별로 빛나 보이지 않고, 더럽고 힘들어 보이는 일이라면 더욱 심하다. 딱 봐서 아니다 싶은 일에는 하나같이 기를 쓰고 빠져나가려고 한다. 상사와 눈 안 마주치기, 무조건 잘 모른다고 하기, 잘 아는 사람 추천하기 등 온갖 방법을 동원한다.

정해진 담당자는 바로 외로워진다. 치열했던 눈치싸움의 열기는 어디 가고 냉랭한 분위기만 남는다. 이제 아무도 관심이 없다. 자기 일이 아니기 때문이다. 협조가 필요한데 협조가 안 된다. 그들에겐 중요한 일이 아니다. 나도 그랬기 때문에 할 말이 없다. 정해진 시간과 노력을 내 일에 쏟고 싶지 남의 일에 쓰고 싶지 않다. 결정의 순간이다. 담당자 혼자 죽자 살자 일을 끌고 나가며, 고통 속에 대강 마무리 짓는다. 아니면 나도 모르겠다며 대충 적당히 질질 끌면서 저절로 사라지길 기다린다. 어떤 경우든 별로 화려한 결말은 아니다. 뜨겁게 등장했던 일의 처음과는 사뭇 다르다. 뜨뜻미지근한 용두사미는 홀로 남는 담당자의 등장과 함께 반복된다.

*

생각했던 이상적인 회사의 회의는 이런 게 아니었다. 빈틈없는 논리와 근거를 대며, 팽팽하고 치열하게 의견을 나누는 장면을 상상했다. 격렬한 과정으로 만들어진 결론을 한마음 한뜻으로 모두 힘을 보탤 것을 기대했다. 전혀 그렇지 않았다. 그저 반복적으로 발생하는 별 감흥 없는 이벤트일 뿐이었다. 회의가 필요해서 회의했다. 회의를 하지 않으면 노는 것 같아서 회의했다. 회의를 하고 나면 일한 기분이 들었다. 아침부터 저녁까지 회의하다가 자리에 앉으면 멍해졌다. '나 오늘 뭐 했지? 아, 회의했지.' 그제야 정신 차리고 하는 일은 정해져 있다. 다음 회의 일정 잡기.

그럼에도 다 같이 모여 일하는 회사에서 회의는 꼭 필요하다. 회의를 통해 서로의 일을 공유하고 도움 받고 힘을 모아야 한다. 안타깝지만 나쁜 기억은 좀 더 구체적으로 강렬하게 남기 마련이다. 아직도 '회의'라는 단어가 반갑지 않다. 앞으로 일을 해나갈 때는 꼭 필요한 회의만 하고 싶다. 요즘 같은 코로나 시대에는 불필요한 회의가 좀 줄지 않았을까? 줄이고도 일하는 데 별문제가 없다면, 기존 회의는 너무 과했던 게 맞다. 회사에서는 일을 하고 싶다. 회의는 일을 위한 도구일 뿐이다.

<복직과 퇴직의 저울>

회의실에 모여 있는 장면이 눈앞에 선하다. 엄숙한 분위기, 창백한 표정들. 다시 돌아가면 이 회의를 지겹게 참석해야 한다. 내 발걸음을 충분히 무겁게 만든다. 불쾌하고 답답한 정적을 견뎌낼 자신이 없다. 자유로워진 지금의 생활 덕분이다. 앞으로 회의 없이 혼자서 하는 일을 찾아야 할까? 죽이 되든 밥이 되든 상사, 담당자 모두 1인 2역으로 연기하면서.

매년 다시 태어나는 회사

"이야기 들었어? 그 팀 없어진다는데?"

"내가 들은 건 다른데? 이렇게 바뀐다는데?"

"내 예상에는 이렇게 될 거 같아. 한번 들어봐."

수군수군. 그때가 온 모양이다. 드라마 작가, 시나리오 작가, 라디오 작가, 소설 작가 등. 숨어있던 재야의 수많은 작가 지망생이 수면 위로 나온다. 모두 각각 수집한 정보를 바탕으로 자신만의 스토리를 전개한다. 나름 그럴듯하고 설득력이 있다. 어떻게 이렇게까지 고민했을까 싶을 정도의 탄탄한 논리에 놀란다. 사람이 모이는 곳이면 언제 어디서든 이야기꽃이 핀다. 서로 들은 것을 나누고 각자의 의견을 피력한다. 뒤숭숭한 기간은 최종 결과 발표가 날 때까지 계속된다. 예상이 적중하면 신춘문예 당선이나 작가 등단의 영광과 비교할 바가 아니다. 어깨를 한껏 으쓱하며 "그것 봐. 내가 뭐라고 했어."라는 말풍선을 한동안 달고 다닌다. 돌아보니 그때 미리 작가 활동을 해두지 못한 게 후회된다. 되든 안 되든 아무 이야기나 마구 써볼 걸. 많이 아쉽다. 그 시기만 되면 본인 일 다 내팽개치고 열심히 쓰던 그들은 이제 작가가 되었을까?

쌀쌀해지는 4분기가 시작되면 회사 전체가 들썩인다. 이리 옮기고 저리 옮기는 '조직 개편'이 이루어지는 시기다. 매년 빠지지 않고 한다. 없애고, 만들고, 합치고, 쪼개고, 바꾼다. 대대적인 변화도 있고, 거기서 거기인 적도 있다. 저 위의 큰 뜻을 담아 변하는 조직이라는 생명체의 변신은 내겐 벅찬 과제였다. '이 팀이 여기 붙어있든, 저기 붙어있든 뭐가 다른 걸까?', '그땐 필요 없다고 줄이더니, 이번엔 몸집을 불렸네?' 웃음을 자아내던 순간도 있었다. 바로 조직의 명칭이 바뀔 때. 이것도 시대의 트렌드가 있었다. 영어 이름으로 싹 바뀌기도 하고, 다시 한글로 돌아오기도 한다. 같은 일을 하는 같은 팀인데도 이름만 바뀌기도 했다. 가끔은 도대체 무슨 일을 하는지 모를 조직도 있었다. 일부러 숨기려고 한 게 아니라면 이름으로 장난치는 느낌도 들었다.

위치를 옮기고 이름을 바꾼다. 회사가 새 단장을 해 나간다. 매해 벌어지다 보니 정말 필요한 목적이 있어서 하는 건가 싶었다. 안 하고 그대로 있으면, 그 해를 돌아보지 않고 새해를 준비하지 않는다는 눈초리를 받는 걸까? 억지스럽게 변한다고 느끼는 시선은 안타까운 마음 때문이다. 이 시기에는 일이 안 된다. 꽤 많은 인력이 이미 작가가 되겠다고 사무실 밖으로 나가서 들어오지 않는다. 흡연실, 카페, 산책로 등 각자의 영감을 받아서 열심히 집필 활동을 한다. 사무실 안에 남아 있는 사람도 손에 일이 안 잡힌다. 지금 하고 있는 일의 운명을 알 수 없어서다. 내년에도 계속 이어지는 건지 하루아침에 사라지는 건지 모른다. 일하고 싶어도 할 수가 없다. 애를 쓰는 사람도 없고, 애쓰라고 하는 사람도 없다. 반복되는 습관처럼 모두 이해하기 때문이다. 어차피 다 바뀌고 나면 새로 시작이라는 것을.

1년의 1/4이 흥청망청 흘러가는 게 아까웠다. 팽팽하게 잘 굴러가던 것도 이때면 느슨해진다. 회사 전체가 흐물흐물 축 처지는 느낌이다. 일이라는 게 그랬다. 한 번 흐트러지고 다시 궤도에 오르려면 시간이 필요했다. 따지면 4분기뿐만 아니라, 다시 시작하는 1분기도 예열 기간이었다. 한 해의 절반을 억지로 식히고 다시 데우는 데 들어가는 셈이다. 일하는 사람들이 쉬엄쉬엄 할 수 있도록 일부러 그러는 걸까? 그게 아니라면 이 시간은 모두에게 무용한 기간이었다. 암묵적으로 '어차피 바뀔 텐데. 기운 빼지 말고 대충 하자.'라는 마음을 갖게 하는 '농한기'였다.

*

조직은 껍데기다. 그 안을 채우는 것은 사람이다. 조직의 변동은 사람의 이동을 수반한다. 007 작전에 버금가는 '인사이동' 대작전이 함께 벌어진다. 적합한 인재, 일 잘하는 인재를 모든 조직에서 원한다. 구성원이 하나같이 빼어나면 문제가 없다. 아쉽게도 일부를 제외하고 나면 고만고만하거나 일 안 하기로 소문난 사람들이다. 일을 피해 다니는 사람을 어디에 배치할지가 회사의 큰 고민거리다. 조직의 리더는 양질의 인원을 최대한 확보하려 하고, 있으나 마나 한 사람을 피하고 싶다.

구성원들도 각자의 사정이 있다. 누군가는 빛나고 멋진 조직에 가서 일하고 싶어 한다. 누군가는 적당히 과하지 않은 곳에서 야근 없이 지내고 싶다. 어디 있든 마이웨이 태도를 갖는 대단한 분들은 어디든 받아만 주면 상관없는 눈치다. 이런 온갖 회사 사람의 이유, 목적, 희망, 필요가 뒤죽박죽 섞여서 정신없이 돌아간다. 이 조직은 저 사람을 찍었는데, 저 사람은 그 조직을 찍었다. 마치 미팅에서 마음에 드는 사람을 엇갈리게 찍는 것처럼.

결국 최종 결정은 개인의 의사보다는 조직의 원칙을 따르기 마련이다. 어떤 이야기가 진행되더라도 끝까지 안심할 수 없다. "인사 발령 날 때까지는 아무것도 믿을 수 없다. 뚜껑 열어봐야 안다."는 말이 진실이다. 한 선배가 원하던 팀으로 이동하기 위해 물밑작업을 열심히 했다. 그 팀의 선배들, 팀장과 이야기가 잘 풀렸다. 대망의 인사 발령 전날 저녁, 그 팀 회식까지 참석해서 함께 일할 날을 그리며 축하했다. 드디어 당일 오피셜이 등장했고, 그의 이름은 그 팀에 없었다. 전혀 다른 팀으로 이동하게 되었다. 이를 지켜보던 나는 끝날 때까지 끝난 게 아니라는 교훈을 얻었다. 또한 회사의 변동은 우리가 모르는 보이지 않는 손이 좌지우지함을 알았다.

*

역시나 평범하지 않았다. 내가 경험한 조직 개편과 인사이동이 그랬다. 결혼식을 며칠 앞두고 휴가를 미리 냈다. 회사에서 연락이 와 통보했다. 결혼 휴가 복귀 후 이동하게 될 거라고. 들어보니 어차피 선택권이 없었고, 무엇보다도 그땐 중요한 게 그게 아니었다. 결혼식을 잘 마무리하고 푹 쉬다 올 생각뿐이었다. 그러든지 말든지 일단 알겠다고 하고 끊었다. 돌아와 보니 기존 조직에는 이미 내 자리가 없었다. 혼자서 터덜터덜 처음 가는 본사로 향했다. 신입사원 면접 볼 때 오고 처음 와보는 으리으리한 곳이었다. 같은 회사가 맞나 싶을 정도로 낯설었고 어색했다. 갑작스럽게 시키는 대로 첫 번째 팀 이동을 했다.

시작된 새로운 생활은 힘들기도 했고 즐겁기도 했다. 배우는 과정은 어려웠지만 보람 있었다. 뛰어난 선배들과 리더들의 가르침이 의미 있었지만, 오래가지는 않았다. 매해 반복되는 그놈의 변화 때문에. 이리 바뀌고 저리 바뀌었다. 뭔가 해볼라치면 기다리지 못하고 변했다. 전폭적인 지원을 약속했지만, 곧 눈에 보이는 결과를 어서 빨리 내어놓으라고 달달 볶았다. 회사의 참을

성은 생각보다 약했다. 잦은 부침 속에 결국 함께 고생하던 팀이 공중 분해되었다. 마지막 회식 날, 작은 방에 모여 앉아 이별의 정을 나누던 그 시간이 아직도 쓸쓸하게 남아있다. 막내였던 나는 돌아가며 한마디씩 하는 순서에 결국 울음을 터트렸다. 집에 돌아가는 버스 안에서도 눈물이 하염없이 흘렀다. 그냥 전부 다 아쉬웠다. 우리가 한마음 한뜻으로 고생하고 쌓아온 것의 버려짐이 슬펐다. 처음이자 마지막으로 슬퍼했던 연말이었다.

　해가 바뀔수록 무덤덤해졌다. 늘 있는 일이었다. 내가 무엇을 어떻게 해도, 다른 이가 어떤 짓을 해도 소용없었다. 그때가 되면 바뀌고 이동했다. 뭐가 슬퍼서 울었는지 잊을 정도로 익숙해져 갔다. 이쪽에서 필요하다고 데려가면 가서 일했다. 필요 없다고 조직을 없애버리면 그런가 보다 했다. 나만의 의지로 조직에 남거나 옮겨간 적이 없었다. 없던 역마살이 회사에서 생겼는지 남들보다 더 자주 이동했다. 잦은 이동의 이유는 대부분 기존 조직의 붕괴였는데, 덕분에 별명도 생겼다. '전문 조직 브레이커'. 내가 가면 곧 사라졌다. 가는 조직마다 없앤다는 말이 아주 틀린 말은 아니었다. 동기들은 몇 줄 안 되는 인사 기록이 난 한 페이지로 모자라 다음

장으로 넘어갔다.

수많은 조직의 흥망성쇠와 빈번한 이동을 바라보며
허무함을 느꼈다. 나라는 존재가 이 회사라는 곳에서
가지는 의미는 희미했다. 그저 하나의 작은 톱니바퀴
에 불과하다는 생각이 들었다. 없어도 순식간에 교체할
수 있는 '부속 49265935'일 뿐이었다. 돈을 받고 일하
는 바람에 내게 그만한 가치가 있는 줄 알았다. 돈은 가
치의 인정이라기보다는 붙어있게 할 수단에 가까웠다.
내가 아니어도 누구로든 대체될 수 있었다. 언젠가부터
일을 기계적으로 하기 시작했다. 부속품다운 자세라고
여기면서. 정 붙이기를 거부했다. 모두 내 손해라고 믿
으면서. 연말마다 수군대는 분위기는 더 이상 흥미롭지
않았다. 그저 지겨운 과정의 반복이었다.

<복직과 퇴직의 저울>

그렇게 꼴 보기 싫었다. 그때만 되면 자리를 비우고 이러니
저러니 상상의 나래를 펼치는 아저씨들이. 떨어져서 보니
이제야 얼마나 지겨우면 그랬을까 하는 측은함이 든다. 내
가 느꼈던 허무함이 계속되면서 그들을 그렇게 만들었을
테다. 어차피 다 바뀔 테니 이야깃거리나 삼아서 버텨보자
며. 각각의 수많은 점이 모여 이루어지기에 하나하나 귀중

한 줄 알았다. 작디작은 하나의 점은 보다 쉽고 편하게 다루어졌다. 인지상정으로 돌아가는 곳이 아니었다. 그곳은 사람이 아닌 회사였다.

내게 취해있던 그때

"아이디어는 좋은데 누구든지 할 수 있는 것 아닌가요?"
"우리가 왜 당신 팀에게 꼭 투자해야 하는 거죠?"

이 질문만 기다렸다. 모든 게 예상대로였다. 잠시 고민하는 척 시간 간격을 두고 천천히 또박또박 답했다. "저희도 그게 궁금했습니다. 여러 벤처 투자자를 만나서 도대체 어떻게 확신을 가지고 투자를 결정하는지 물어보았습니다. 그 대답은 모두 한결같았습니다. '결국 그 사람을 보고 결정한다. 그 사람의 눈을 보고 진짜인지 아닌지 판단한다.'였습니다. 지금 제 눈을 보면 알 수 있지 않으십니까? 오늘 발표에서 충분히 보여드렸다고 생각합니다!" 완벽한 사업 계획 발표였다. 발표장의 분위기는 당돌함과 당당함, 그리고 재치 만점의 대답으로 분위기가 들썩이고 있었다. 무조건 되는 날이었다. 그렇게 당차게 사내 벤처 투자 피칭에서 성공적으로 통과했다.

그때부터 뭐라도 된 것 같았다. 주변의 칭찬과 부러움을 한 몸에 받았고 모두가 나를 믿었다. 하는 말과 행동이 늘 옳게만 느껴졌다. 특히 사내 벤처팀에서의 영향력은 절대적이었다. 이래라저래라하는 사람도 없었고, 내 마음대로 하면 되었다. 대기업에 입사해 항상 시키는 대로 정해진 틀에서 답답하게 일하던 나에게 하고 싶은 대로 일할 수 있는 건 중독성 강한 마약이었다. 마치 이 모든 것을 스스로 쟁취했다고 느껴지는 나만의 착각은 빠져나오기 힘든 굴레였다. 그때 나는 내게 흠뻑 취해있었다.

365일, 24시간 일 생각뿐이었고 실제로 그렇게 일했다. 아들이 갓 태어난 시기였으나, 출산 휴가와 육아 휴직을 연달아 사용한 아내에게 육아를 모두 맡겨두었다.

"너 제정신 맞아? 좀 미친 것 같아."라는 소리까지 들으면서. 이때가 겨우 3개월의 육아 휴직을 요청한 아내에게 세상이 끝날 것처럼 정색하며 거절했던 시기였다. 정말로 그런 줄 알았다. 지금 하고 있는 일에서 빠진다는 건 상상조차 할 수 없었다. 나 아니면 절대 안 된다는 엄청난 나만의 환상으로 가득 차 있었다. 내가 없으면 그 일도 사라질 것 같았다.

1년에 50권 정도 책을 읽어왔지만, 그때는 책을 단한 권도 읽지 않았다. 남의 말에 귀 기울일 필요가 없었기 때문이다. 그땐 책에서 하는 말이 전부 탁상공론처럼 느껴졌다. 행동보다는 말만 가득하고 "라떼는 말이야."로만 들려서 공허하게 느껴졌다. 직접 내 이야기를 써나가면서 현재의 순간에 우뚝 서 있는 '나'만이 주인공이었고, 진리였다. 책을 읽지 않은 만큼 주변을 돌아볼 상태가 아니었다. 다른 이의 생각에 주의를 기울일 자세나 태도도 갖춰져 있지 않았다. 그럼에도 주워들은 건 있어서 스스로를 완벽하게 포장했다. 겉보기에는 남의 의견을 잘 듣고 수용한다고 보였을지 모르지만 속은 전혀 그렇지 않았다. 다른 사람의 생각은 내 표면을 어느 것 하나 통과할 수 없었다. 나와 같은 건 내가 먼저 한 것이기에 무시했고, 나와 다른 건 틀렸고 부족한 것이기에 무시했다.

　그 당시 주변에서 나에 대해 했던 두 가지 말이 있다.
한창 자신감이 팽팽하게 충만해져 갈 때, 한 선배가 송
년회에서 말했다. "너는 네가 다 안다는 태도가 묻어있
어. 그걸 버리는 게 좋아." 또 다른 동료는 "석준 님은
두모스가 있어요!"라고 했다. '두모스(Thumos)'는 그리
스어로 남자의 영혼에 있는 기개와 용맹함이다. 좋게
해석하면 이견에 맞서서 단호하게 자신의 의견을 관철
시킬 수 있는 용기다. 플라톤의 『국가』에는 '털을 곤두
세운 개의 사나움'으로 나온다. 자기 존재 의미와 가치
를 방어하려는 야수적인 특징을 표현하는 말이다. 여기
서 그럴듯한 미사여구를 다 빼면 사실, "나와 다르면 모
두 틀렸어."라며 나만 옳다고 믿는 뻔뻔함이다. 그때의
내가 그랬다. 나 말고는 아무도 제대로가 아니었다. 무
조건 내가 정답이라고 굳게 믿고 살았다.

*

　결국 보기 좋게 실패했다. 시작했던 사업과 론칭했던
서비스를 모두 정리했다. 세상 당당했던 투자 유치 발
표가 있던 날로부터 딱 1년 뒤의 일이었다. 완벽한 내가

모든 것을 쏟아 부었는데 도대체 왜 이렇게 된 걸까? 수직적이고 경직된 조직, 제대로 된 리더의 부재, 리더의 잦은 변경, 새로운 리더의 기존 사업 부정 등. 그때 생각했던 이유다. 모두 남 탓뿐이었다. 정말 그랬을까? 유사한 아이템으로 비슷하게 시작한 외부 회사가 있었다. 그 이후 몇 년간 끊임없는 피버팅(사업 전략의 변경)을 통해 소위 말하는 '대박'을 터트렸다. 나는 왜 이렇게 할 수 없었을까? 성공한 그 회사를 볼 때마다 잘나가던 시절을 회상하곤 했다. 그때마다 경멸스러운 '나도 생각했던 건데!'를 외치면서 초라해졌다. 실패에 대한 변명으로는 '나 빼고 모두 남의 탓'을 주로 이용했다. 피할 수 없는 유혹이자 합리화의 마법이었다. 그때의 나는 모든 게 준비되어 있었다. 몸과 마음을 갈아 넣어 미친 듯이 일했었다. 남들 때문에 소중한 기회와 시간이 날아갔다고, 저주와 비난을 퍼부었다. 그렇게 몇 년을 보냈다.

회사에서 하는 모든 새로운 시도에 냉소적으로 변했다. 해마다 추진하는 신규 프로젝트는 모두 이름만 바꾸어서 등장하는 '아류작' 같았다. 이놈의 회사에서는 절대 잘 될 리가 없다고 악평했고, 해 봐서 안다고 장담했다. 월급 받은 만큼만 일하면 된다는 생각으로 회사에 다녔다. 드라마 〈미생〉의 박 과장 태도와 큰 차이가 없었다. 뭐 그리 다들 바쁘다고 회사 일에 목매는지 이해할 수 없었다. 그래 봤자 모두 답답한 리더와 조직문화로 한계가 있을 게 뻔하다고 생각했다. 딱 욕먹지 않을 만큼만 일했다. 제한적인 태도와 마음에도 불구하고 가끔 인정받는 상황이 오면 감사하지 않았다. 오히려 영혼까지 바치며 모든 것을 쏟아냈던 그때 그 시절이 더욱 우스워졌다. 배배 꼬일 대로 꼬인 나였다. 내게 취했던 만큼 무기력과 냉소에 더 깊숙이 파묻혔다.

회사 생활은 그렇게 흘러가다 끝날 것만 같았다. 그해도 여느 해처럼 새로운 조직을 만들었고, 새로운 프로젝트를 시작했다. 모험에 함께할 사람을 공개 모집했다. 늘 보아오던 모습이라 또 한껏 속으로 비웃어 주었다. '회사가 돈도 많아. 이렇게 허튼 데 계속 쏟아붓고. 바로 버리고 바로 다시 하고 무한반복이네.' 갑자기 그 순간 이렇게 뱉어내는 스스로가 부끄러워졌다. 언제까지 끝없는 부정과 비난 속에서 나를 밀어 넣으며 지내야 할지 걱정스러워졌다. 오랜만에 무엇을 하고 싶은지, 어떤 일을 원하는지 들여다보았다. 화려했던 그 시절이 떠오르며 마음 한 곳이 뜨거워졌다. 사내 공모 마지막 날 밤까지 치열하게 고민했다. 남은 열정을 끌어

모아 지원했다.

　내 이동 소식이 결정되던 날 팀장이 의외의 말을 전했다. "언젠가 신규사업 조직으로 갈 줄은 알았는데, 이렇게 빠를 줄은 몰랐다."고. 많이 놀랐다. 정시 출근, 정시 퇴근을 일삼으며 시키는 일만 쳐내던 나를 보고 어떻게 그런 생각을 했을까? 잠시 돌이켜 보며 내게 다시 취했다. 내려놓은 상황 속에서도 새로움과 도전에 대한 갈망을 완전히 숨길 수 없었던 모양이다. 새로운 희망을 담아 지원했던 그때의 마음을 옮겨왔다. "항상 기존에 없던 사고의 틀과 방향으로 새로운 사업에 대한 열망이 가득합니다. 처음 3년의 외부 제휴 경험과 다른 3년의 신규사업 경험이 지금의 꿈을 만들어 주었습니다. 수많은 크고 작은 실패와 소소한 성공을 경험하면서, 정말 어렵고 쉽지 않다는 것을 많이 느꼈습니다. 누군가 회사의 성장을 위해 계속 시도해야 한다고 생각하고, 그 누군가가 제가 되어야 한다고 마음속에 품고 다녔습니다. 새로운 기회를 맞게 되어 또 한 번 도전해보고자 합니다."라고 포부를 밝혔다.

그 시절의 나는 정말 내게 취해있었다. 이젠 나도 안다. 적당함이 얼마나 중요한지. 지금 이 글을 쓰면서도 적당히 취해있다. 그때의 어리석었던 나 자신을 돌아보는 기특함에 취하고, 이렇게 작가라는 새로운 도전을 하는 용기에 취한다. 어쩌면 사람은 자신에게 취해야만 살아갈 수 있는 게 아닌가 싶다. 다른 누구도 내게 나만큼 취할 수 없다. 스스로 취한 자만이 새로운 도전을 할 수 있으며, 실패에서 다시 일어날 수 있다고 믿는다. 오늘도 나는 내게 취한다.

<복직과 퇴직의 저울>

사춘기 때도 겪지 않았던 '세상의 중심은 나'를 그때 겪었다. 주변이 미덥지 않고, 부족해 보였다. 왜 다들 나만큼 하지 못하는지 안타까웠다. 어쩌다 마주하는 반대 의견은 기를 쓰고 뭉갰다. 나라는 존재 자체가 부정당할까 봐. 천상천하 유아독존은 다름 아닌 그때의 나였다. 돌아보면 두 볼이 빨개지다가도 지금도 크게 달라진 점이 없는 듯하여 곧 차가워진다. 직장 생활의 하이라이트였다. 다시 한번 느끼고 싶은 욕망이 아직 남아있다. 이번엔 어쩐지 좀 다르게 해 볼 수 있지 않으려나. 그래도 좀 컸으니까.

의미를 찾아 방황하는 당신에게

지금까지 어땠나요? 당신의 회사와 얼마나 닮았는지 궁금하네요. 여기까지 함께하고 있다면 우린 꽤 닮아 있는 부분이 많다고 봐도 되겠죠. 다닌 시간의 절반이 흘러갔을 때부터 전 변했어요. 나름 사회 초년생 티를 벗었다고 자부하면서요. 뻔하게 돌아가는 방식을 파악했고, 상황마다 취해야 하는 자세를 터득했습니다. 이제 좀 알만 하니 긴장은 풀리고, 어깨엔 힘이 들어가는 그런 상태 말이에요. 매일 일을 겨우겨우 쳐내며 견디는 건 여전했지만 조금씩 틈이 보였어요. 머리와 손이 따로 노는 경지에 오른 순간이 찾아왔죠. 기계적으로 처리하는 일을 할 땐 몸은 바쁘지만, 마음의 여유가 생겼어요. 한마디로 딴생각을 할 수 있게 된 거죠. 그때 전 오직 한 가지, '의미'에 집착했습니다.

우리는 우리를 지나는 수많은 것에 의미를 부여하며 살아갑니다. '그게 무슨 의미가 있는데?'라며 스스로에게도, 남에게도 쉴 새 없이 묻습니다. 대답을 제대로 못하면 괜히 헛수고하는 것 같고 삶을 낭비하는 기분이 들죠. 해도 의미가 없는 일을 왜 하고 있나 싶어서 회의도 들고요. 좌절과 무기력을 떨쳐내기 위해 자기 합리화를 하기도 합니다. 제대로 된 의미, 그러니까 타당한 목적과 이유가 없다면 감정과 기력을 낭비하고 싶지 않으니까요. 누구도 무의미한 일에 매달리고 싶어 하지 않습니다.

회사원 때가 막 묻던 시기에 저를 찾아온 질문은 '회사란 내게 어떤 의미인가?'였습니다. 초반의 낯섦이 가시고, 목에 거는 사원증이 없으면 허전해지는 시절의 저는 무어라 답했을까요. 귀찮다는 듯이 옆으로 밀어내며 "그냥 먹고살려고 다니는 거지, 뭔 의미 타령이야?" 했을까요. 아니면 "일을 배우고 다른 사람들과 지내는 법을 터득하는 성장의 기회"라며 면접 자리에서나 뱉을 법한 입바른 소리를 진심인 양 꺼냈을까요. 어려운 숙제를 받아 들고 고민했던 고통의 기억이 여전히 남아있어요. 삶의 대부분을 차지한 회사 생활에 어떻게든 의미를 부여하려고 애를 썼지요. 일하면서 동료와 상사를 설득하듯 제가 납득할 만한 논리가 필요했습니다. 명쾌하게 끄덕일 수 있어야만 회사에 파묻힌 제 삶을 부정하지 않을 수 있었으니까요. 아쉽게도 그때의 분명한 대답이 떠오르지 않는 것을 보니 원하던 답은 구하지 못했던 모양입니다.

30대 중반의 젊은 패기와 세상을 대충 알겠다는 얄팍한 자신감으로 똘똘 뭉쳐있던 저는 사실, 불안했습니다. 아는 것도 할 수 있는 것도 많아졌지만, 채워지기보단 오히려 공허해졌습니다. 익숙해진 지난날은 아쉬웠고, 반복될 내일은 지겨웠어요. 태어나 쉴 새 없이 달려오다 돌아보는 입장이 난처했어요. 앞을 보며 미래를 계획하고 꿈꾸는 건 거대한 부담으로 다가왔고요. 정해진 길을 따라 아무 생각 없이 발밑만 보며 살아왔는데, 잠시 여유가 생겨 고개를 들어보니 황량한 넓은 세상 가운데서 초조해진 겁니다. 뭐라도 의지할 곳이 없으면 어디론가 쓸려갈 것 같았죠. 더욱 단단한 의미를 좇아 이리저리 미친 듯이 헤매던 이유였습니다.

방황이 계속될수록 정답은 희미해져 갔어요. 멀쩡히 있는 회사를 찢어보고, 벌려보고, 갈아 봐도 뾰족한 수가 튀어나오진 않았습니다. 힘든 날이면 그만두고 싶어 했다가, 정신을 차리면 '그래도 다녀야지.'를 반복했죠. 빙글빙글 어지럽지도 않은지 열심히 오갔어요. 지금 되돌아보면 스스로에게 던졌던 질문의 시작이 틀렸다는 생각이 들어요. '회사'의 의미가 아니라 '나'의 의미였어야 했는데 말입니다. 저를 붙잡아줄 기준을 밖에서 찾았어요. 회사에 속해 있는 모습으로 오래 지내다 보니 착각한 거죠. 회사와 나를 동일시했습니다. 명함 속의 이름으로 저를 규정했죠. 자기소개를 요구받거나 인사할 땐 '어느 회사의 누구'면 쉽게 끝났어요. 그게 저라고 믿었으니까요. 완벽히 의존하고 있는 줄도 모르고요.

회사에 기대는 삶의 태도는 아무것도 해결해주지 못했습니다. 일방적인 관계로는 그 어떤 자발적인 동기를 찾을 수도 만들 수도 없었어요. 쌓이는 답답한 괴로움이 남에게 묻는 의미 때문이었는데 몰랐어요. 저를 중심에 두고 찾아야 하는데 엄한 상대만 물고 뜯었죠. 회사 녀석에게 제 삶에 어떤 의미를 줄 수 있냐고, 시도 때도 없이 괴롭혔습니다. 점점 나 자신을 잃어갔고, 세우던 자존감은 작아져 갔습니다. 매달 들어오는 월급의

크기만큼만 기뻐하며 지냈습니다. 월급쟁이가 끊기 어려운 마약을 달고 살며, 퀭한 눈빛으로 이게 찾던 의미인가 보다 하며 해롱거렸죠.

그땐 알지 못했습니다. 진짜 의미는 나 자신에게 나와야 하는걸요. 단 한번도 저만을 위한, 저만에 의한, 저만의 의미를 구해본 적이 없었어요. 이것과 저것의 의미를 집요하게 파고들 줄만 알았지, 제가 가진 고유한 의미는 살피지 않았습니다. 결국 헛손질만 하다 어떤 의미도 잡지 못하고 회사 생활을 습관처럼 이어가게 됩니다. 멀쩡해 보이는 껍데기를 둘러메고 속은 텅 빈 채로 왔다 갔다 했지요. 어쩌면 이제부터 이어지는 회사 생활의 위기는 당연했는지도 모릅니다. 할 줄 아는 거라곤 회사를 향한 불평, 불만, 원망이 전부였으니까요. 남에게 모든 탓을 돌리고 나면 마음은 편해지지만 나아지는 건 없습니다. 허탈할 뿐이죠. 회사 욕을 한 바가지 쏟아붓고 돌아설 때마다 그랬어요. 누워서 뱉은 침을 피하지 못한 찜찜함이 별로였죠.

당신에게 보내는 편지를 절반쯤 쓰고 나니 그때의 제가 떠올랐습니다. 그리고 어딘가 닮아 있는 당신도요. 둘 다에게 해주고 싶은 말이 있어서죠. 중요하고 집중

해야 하는 건 자기 자신이라는 뻔한 말을 전 듣지 못했
거든요. 모든 삶의 의미는 스스로 묻고 찾아야 한다는
말도요. 지금은 와 닿지 않을 수 있어요. 저도 지금이야
그럴듯하게 말하지만 다음에 올 지난한 과정을 겪고 나
서야 깨달았으니까요. 그럼 조금 더 가까이 다가와 주
실래요?

의미를 찾아 방황하던
당신의 동료이자 선배이자 후배가

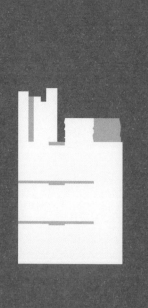

PART 3

고민이
깊어지며

누구의 휴가인가

평온한 일요일 아침, 흔한 사무실 풍경이다. 한쪽 책상에는 눈에 불을 켜고 일하는 내가 앉아있다. 다른 한쪽에서는 한 남자가 대형 TV로 야구 경기를 보고 있다. 아직 2회 초다. 나는 야구 중계 소리가 거슬리지만, 뭐라 말할 수 없는 신입사원 신세다. 애써 무시하고 눈앞의 모니터에 집중한다. 몇 시간이 흘러 야구가 끝났다. 다행히 그가 TV를 껐다. 갑자기 조용해진 적막이 어색했지만 훨씬 나아졌다. 속으로 '휴!' 하고 숨을 내뱉고는 마무리가 되어가는 일에 박차를 가하려는 찰나, 그가 "야! 잠깐 이리 와봐."라고 말했다. 이 공간 안에는 그와 나밖에 없었기에 나를 부른 게 확실하다. 못 들은 체하고 싶지만 그를 알기에 문제를 크게 만들고 싶지 않았다. 호흡을 가다듬고 최대한 차분하게 "부르셨어요?"라고 대답하며 걸어간다. 그는 의자에 뒤집어질 정도로 삐딱하게 파묻혀서 다리를 꼬고 앉아있었다. 그 앞에 열중쉬어도 아니고 차렷도 아닌 어정쩡한 자세로 섰다. 위아래로 지그시 바라보던 그가 천천히 입을 열었다. "너 내일부터 휴가지? 지금 네가 휴가 갈 때야?"

그때부터 시작된 일장 연설은 쉬지 않고 계속되었다. 마치 신문의 사설이나 학위 논문처럼 기승전결이 정해져 있다. 내가 휴가를 가면 안 되는 이유와 갈 수 없는 까닭이 셀 수 없을 정도로 늘어져 나온다. 그는 야구를 보는 동안 야구만 보고 있지 않았다. 생각하고 정리하느라 1회부터 9회까지의 긴 시간이 필요했던 게 분명했다. 가만히 듣고 있으면 그럴듯하다. 나는 내일 휴가를 가면 안 되는 사람이 맞다. 더 이상 새로운 이야기가 없는지 슬슬 반복되기 시작한다. 이야기하는 그도 듣는 나도 지겨워진다. 영혼 없이 계속되는 이야기를 정신 놓고 듣는 지경이 된다. "정말 휴가를 가야 하는 게 맞는지 생각해 봐." 이 말을 끝으로 그가 사무실 밖으로 나간다. TV 보는 것 외에 아무것도 하지 않은 그가 사라졌다. 내게 남은 그의 말은 아무것도 없다. 남은 건 일뿐이다. 자리로 돌아가며 어둑어둑한 창밖 하늘을 바라본다. 자리에 풀썩 주저앉으며 내뱉는다. "이렇게까지 해서 휴가를 가야 하나?"

입사 첫해 첫 휴가를 떠나기 전날의 모습이다. 벌써 10년도 지난 이야기다. 아직도 그가 왜 그랬는지 정확히 모른다. 그는 사무실에 오래 앉아있는 것을 일로 아는 사람이었다. 정시에 퇴근하면 일하지 않고 놀러 나간다고 놀렸다. 비록 야구를 봤지만 주말에도 뚝심 있게 사무실을 지켰다. 일이 있어서 나온 것도 아니고, 습관 같은 보여주기식 주말 출근이었다. 고리타분한 그는 신입사원이 5일 휴가를 가는 게 못마땅했던 것 같다. 휴가 동안 하는 일에 구멍이 생기지 않게 하려고 일요일까지 나와서 기를 쓰는 모습이 싫었던 것 같다. 그땐 휴가를 가는 게 이렇게 어려웠다. 내 휴가라고 해서 내 마음대로 쓸 수 있는 게 아니었다. 누군가의 것이라면 주인이 원하는 대로 사용해야 하는 게 마땅했지만 나의 휴가는 그렇지 않았다. 가는 시기도, 쉬는 기간도 쉽게 정하지 못했다. 수백 가지 상황과 경우를 다 따져서 결정된 뒤에도 장애물이 많았다. 이러고 나니 헷갈렸다.

휴가가 내 것이 맞는지. 회사 사정에 맞춰서 써야 하는 거라면 회사의 것이 아닐까 싶었다. 회사의 사정은 당연히 '일'이었다.

*

휴가는 일을 쉬는 기간이다. 휴가 가는 사람은 일을 할 수 없다. 휴가 동안의 일은 잠시 멈춰있어야 하는 게 맞다. 아이러니하게도 휴가를 가려면, 휴가 가는 기간만큼의 일을 다 해놓아야 했다. 그때의 일을 놓아두는 게 아니라 미리 해놓고 그 기간을 쉬는 개념이었다. 휴가 가기 전이 정말 바빴다. 휴식을 위해 휴가를 가는 건데, 그 휴가 때문에 일을 몇 배로 해야 해서 힘들었다. 몸과 마음이 지쳐 쓰러질 때까지 몰아붙이고 나서야 떠날 수 있었다. 마치 쉼이 필요한 몸 상태를 일부러 만든 뒤 쉬는 꼴이었다. 그럼에도 회사를 떠나 있는 해방감은 모든 것을 넘어섰다. 흡사 군 시절 부대를 떠나는 순간 같았다.

"휴가 중에 죄송하지만……."으로 시작되는 연락이 끊임없이 왔다. 미안한데 왜 이럴까 싶다가도 안 미안하니까 그러는 거구나 했다. 신기하게 그동안 연락이 잘 안되던 사람들도 갑자기 한 번에 몰아쳤다. 길지도 않은 기간 안에 꼭 확인하고 싶어 했다. 1년 내내 있던 사람이 자리를 비우니 불안했던 걸까? 아니면 부러움에 방해하고 싶은 못된 마음이었을까? 뭐가 되었든 휴가지에서도 전화기를 붙들고 있는 모습은 나뿐만이 아니라 함께 온 옆 사람에게도 좋지 않았다. 문자든 통화든 받고 나서 회신하고 나면 진이 빠졌다. 다시 휴가자의 마음으로 돌아오는 데 시간이 걸렸다. 국내는 물론이고 해외도 상관이 없었다. 휴가 중에는 로밍 서비스를 신청하는 게 암묵적인 룰이었다. 따뜻한 동남쪽 나라에서 땀을 뻘뻘 흘리며 통화하는 내 모습은 매우 안타까웠다. 그러다가 연차가 쌓이면서 대담해졌다. 처음에는 거짓말로 "아차, 숙소에 휴대폰을 두고 다녔습니다." 나중에는 의도적으로 "하하, 로밍을 깜빡하고 갔네요."라고 했다. 일이 껴있는 휴가는 휴가 같지 않았기에, 철저한 단절을 위해 점점 뻔뻔해졌다.

휴가를 다녀오면 신기하게 일이 늘어나 있었다. 자리를 비운 동안 해야 했던 일이 그대로 쌓여있었다. 비어진 휴가 앞뒤로 일의 부담이 늘어나는 셈이다. 가기 전에 미리 하고, 다녀와서는 밀린 일을 해야 한다. 꼭 휴가 앞뒤로는 지옥을 맛본다. 쉬기 위해 달리고, 쉬었다고 더 달린다. 한 사이클을 돌고 나면 지친다. 다시 휴가가 필요한 상황이다. 악순환은 계속되지만, 꿀맛 같은 탈출을 위해 모두 잊고 반복한다. 일의 사정을 모두 봐주고 힘겹게 떠나는 휴가는 월급 못지않은 직장인의 마약이다. 가기 위해서도, 가서도, 갔다 와서도 하나같이 괴로웠지만 계속 생각났다.

직장생활을 시작하던 그때는 1년에 한 번 여름휴가가 전부였다. 이것만 바라보고 한 해를 버텼다. 이름에 걸맞게 대부분 6~8월에 떠났다. 그때가 여름이라서 여름휴가가 맞았지만, 왜 다 그때 몰려서 가야 하는지 잘 몰랐다. 성수기를 나까지 합세해서 만들어주고 싶지 않았다. 괜히 9~10월에 한적하게 떠나려고 멀찌감치 떨어뜨려 놓으면 황당한 일이 벌어지기도 했다. 다들 다녀오고 난 뒤 여유롭게 준비하고 있으면 질문이 들어왔다. "또 휴가가? 저번에 여름휴가 가지 않았나?" 딱 한 번 여름에 가는 게 너무 익숙했기에 가을에 휴가를 준비하면 어색했던 모양이다. 역으로 이용하는 꿀팁도 있었다. 미리 봄에 휴가를 다녀오면 몰래 여름에 남들 갈 때 또 갈 수 있었다. 지금은 믿기지 않는 이야기지만 그땐 그랬다. 그만큼 어쩌다 한 번 가는 휴가는 소중하고 귀했다.

상황이 이렇다 보니 연초면 눈치싸움이 벌어졌다. 누구나 다 한 번 가는 휴가, 길게 가고 싶은 마음이었다. 휴가 계획을 미리 공유할 때, 치열한 시기는 다름 아닌 황금연휴다. 주말과 붙은 공휴일이나 명절이 그때다. 이때 휴가를 붙여 쓰면 놀라운 일정이 나오기에 다들 군침 흘렸다. 그렇다고 모두가 그때 휴가를 갈 수는 없었다. 눈치 보던 신입, 주니어 시절에는 엄두도 못 냈다. 선배들의 기 싸움을 재미로 들여다볼 뿐이었다. 쟁취에 성공한 선배는 힘들 때마다 휴가를 떠올리며 기운을 차리곤 했다. 황금휴가를 보며 나는 많이 부러웠다. 그러다가도 갈 수라도 있는 내 휴가 기간을 돌아보며 안도했다.

시간이 흐른 뒤에야 성수기의 탄생을 이해했다. 아이가 생기면 방법이 없었다. 어린이집, 유치원, 학교 여름방학에 맞춰 쉴 수밖에 없었다. 변동 없이 정해져 있으니 몰릴 수밖에 없었다. 같은 입장이 되고 나니 선배들도 나도 안쓰러웠다. 1년에 한 번 쉬는 휴가 기간을 선택할 수 없다니. 마음대로 정할 수 없는 우리의 모습을 볼 때면, 또다시 같은 질문이 고개를 들었다. '휴가는 정말 누구의 것인가?', '내가 원할 때 쉬지 못한다면 내 것이라고 할 수 있는 걸까?'

*

　이제는 많은 것이 바뀌었다. 세상도 회사도 그리고 나도 바뀌었다. 몇 해 전까지만 해도 남아돌던 연차를 연말에 수당으로 받는 쏠쏠한 재미가 있었다. 눈치 보며 쓰지 못한 휴가를 숫자로 돌려받으며, '아, 내 것이 맞긴 맞는구나.' 하며 확인하는 순간이었다. 최근엔 그런 재미는 사라지고 오히려 휴가가 모자랐다. 아이가 아프면 아내와 번갈아 쉬면서 돌봐야 했다. 놀고 싶으면 하루든 이틀이든 원할 때 사용해서 떠났다. 바뀐 제도도 한몫했다. 예전엔 개인 휴가를 철저하게 상사에게 승인받아야 했다. 적기 애매했던 사유도 꼭 함께 제출해야 했다. 이젠 모두 사라졌다. 사유를 적지 않고 승인도 받지 않는다. 가고 싶을 때 누구에게도 허락받지 않고 갈 수 있다. 물론 사전에 돌아가는 일의 흐름을 살피며, 상사와 동료에게 미리 알린다. 급격한 변화 같지만 아무 문제 없는 요즘이다. 빡빡했던 과거가 문제였다.

　휴가는 직장인에게 필요하다. 살아가는 모두에게 쉼이 필요하듯이. 자유롭게 사용 가능해진 휴가를 비로소 개인의 것이라고 할 수 있을까? 여전히 쓰면 눈치 보이는 시기가 있다. 회사가 한창 바쁠 연초나 인사고과 시즌이 그때다. 남들 열심히 1년 계획을 세울 때, 또는 남들 열심히 잘 보이려고 애쓸 때 빠지면 곤란해진다. 어쩔 수 없이 휴가는 회사의 사정을 봐야 한다. 어쩌면 휴가를 준 사람이 누구인지 따져보면 당연하다. 휴가는 회사에서 부여한다. 쉬는 권한을 넘겨받은 우리는 완전히 자유로울 수 없다. 그곳에 묶여있는 기분을 떨칠 수 없다. 길고 긴 휴가인 휴직을 하고 있는 나 역시 그렇다. 완벽히 내 것인 휴가는 없다.

<복직과 퇴직의 저울>

입사 초기에는 휴가를 다녀오면 다음 해에 갈 휴가를 1년 내내 기다렸다. 그만큼 간절했다. 가기 전날의 설렘은 군 휴가를 능가했다. 군대 시절에도 1년에 2번은 나갔기 때문이다. 아련했던 그때를 지나 휴가가 모자란 시기를 겪었다. 연차 수당은 더 이상 욕심나지 않았다. 하루라도 더 많이 회사와 떨어져 있기를 원했다. 다음날 출근을 걱정하지 않는 나는 이제 휴가의 소중함을 잊었다. 내 거인 듯 내 것 아닌 내 것 같았던 휴가. 돌아가면 예전처럼 열심히 쫓아다니겠지.

프로 야근러들의 사정

'야근은 도대체 왜 하는 것일까?' 이미 해는 지고 달이 떴을 때, 터벅터벅 돌아오는 길에 참 많이 했던 생각이다. 정해진 업무 시간에 딴짓을 한 것도 아니다. 주어진 일정에 맞춰 집중해서 일한다. 어쩐 일인지 퇴근 시간만 가까워지면 숨이 가빠진다. 그날 해야 하는 일이 여전히 많이 남아있고, 결국 정시 퇴근을 놓친다. 무시하고 돌아선다고 일이 어디 가는 게 아니라서 하릴없이 자리를 지킨다. 하나를 쳐내면 다음 일이 쌓인다. 이번 데드라인을 지켜내면, 바로 다음 일정이 다가온다. 처음에는 능력 부족으로 여겼다. 좀 더 일을 잘하고 빨리 할 수만 있다면 이런 일이 벌어지지 않을 테니까. 야근의 원인은 그렇게 단순하지 않았다. 쌓인 기록과 경험만 무려 자그마치 10년 치였다. 긴 기간 쌓아온 데이터는 여러 가지 경우의 수를 던졌다. 찬찬히 꼼꼼하게 들여다보고 살펴봤다. 마치 주제를 잡고 연구하고 논문을 준비하듯 분류하고 기원을 찾아갔다. 유레카! 비밀을 풀고 말았다. 야근을 왜 하는지 찾았다. 세 가지 이유 때문이었다.

*

먼저 일이 많아서 그렇다. 할 수 있는 양보다 해야 하는 양이 많은 경우다. 우리는 일을 이렇게 받는다. 언제까지 이것을 누구누구와 함께해야 한다. 기간과 인력이 핵심인데, 이게 부족하면 야근하게 된다. 언젠가 한 해를 마무리하고 월급 내역을 살피며 혀를 찼던 적이 있다. 생각보다 돈을 너무 많이 받아서 놀랐다. 일 잘했다고 성과급을 많이 주거나 의외의 보너스를 받아서 그런게 아니었다. 믿을 수 없는 초과 근무 수당 때문이었다. 입사 초기 시절 손이 많이 가는 정산 업무를 맡았다. 거의 빠짐없이 야근했고, 주말 출근도 밥 먹듯이 했다. 사무실에 있지 않은 날을 떠올리기 어려운 한 해였다. 매일 확인해야 했고 매주, 매월, 분기별 마감을 해야 했다. 10년 동안 아무리 월급과 연봉이 올라도 이때의 초과 수당을 넘어선 적이 없다. 말 그대로 압도적이었기에 그때만큼 많이 일할 수 없었다.

이건 잘못된 일이다. 이런 식으로 일하게 두면 안 된다. 기간이 정해진 일이라면 인력을 늘려주든, 담당자의 다른 일을 줄여야 한다. 한두 사람의 고정된 희생으로 업무를 배정하고, 나 몰라라 하는 것은 문제가 있다. 야근이 발생하는 건 모두 비슷한 원리다. 일할 시간이나 사람이 부족해서다. 마감 기간이 무모하게 짧거나 인력이 부족하다면 문제가 생긴다. 목표 일정을 늦추거나 인원을 추가로 투입해야 한다. 물론 이를 몰라서 야근이 벌어지게 두는 것은 아니다. 조직과 리더의 욕심이 먼저 손을 들기 때문이다. 보다 적은 자원, 그러니까 빠른 시일에 몇 안 되는 인원을 쪼아서 나오는 결과의 맛이 나쁘지 않다. 불가능해 보이는 터무니없는 일정과 인력으로도 성과를 낼 수 있다면 누가 거부할 수 있겠는가? '거봐 되잖아!'라는 인식이 생기면 돌아서기 어렵다. 그런 분위기 속에서 '이거 잘못되었는데요.'라고 말하기 힘들다. 시간과 사람이 부족하다고 하소연하면,

일 못하는 사람으로 찍히게 된다. 쥐어 짜내면 이루어지는 분위기는 모두에게 좋지 않다. 대물림되어 회사의 문화로 자리 잡기 쉽다. 그런 방식으로 일을 배우고 올라가면, 위에서 똑같은 행동을 반복한다. 본인도 그렇게 했고, 찍어 누르면 된다는 것을 알기 때문이다. 직원의 스트레스는 이미 고려 대상이 아니다.

  다음은 일을 못 해서다. 일 못하는 사람의 하루를 따라가 보자. 오늘까지 꼭 마무리해야 하는 일이 있다. 출근 시간에 딱 맞게 도착했다. 바로 예정되어 있던 아침 회의가 있다. 허겁지겁 준비 없이 들어가 앉는다. 파악되지 않는 상황에서 돌아가는 이야기가 버겁다. 정신없이 회의가 끝났다. 점심시간 전까지 1시간 정도 남았다. 30분은 정신 차리느라 바람 쐬고 커피 마시는 데 썼다. 드디어 오늘 해야 하는 일을 들여다보려는데 메신저로 누가 말을 건다. 시답지 않은 이야기 한두 마디 나누고 나니 점심시간이다. 밥 먹고 푹 쉬고 돌아와서 앉았다. 오후에는 또 다른 회의가 잡혀있다. 이번엔 제대로 회의를 준비하기 위해 그 전까지의 시간을 모두 썼다. 참석해보니 정보를 공유하는 회의였다. 필수 참석도 아니어서 많이 오지도 않았다. 어쨌든 오후의 절반이 사라졌다. 남은 시간을 불태우려 하지만 쉽지 않다. 걸려 오는 문의 전화와 쉬지 않고 울리는 사내 메신저. 중간중간 쉬어가자는 동료의 권유. 이제 퇴근 시간까지 1시간 남았다. 그는 집중해서 끝내고 갈 수 있을까? 결국 모두 다 떠나고 난 사무실에 남아서 그제야 그날 꼭 해야 하는 일을 붙잡았다. 안도하면서 속으로 말한다. '역시 난 야근 체질이야. 이렇게 혼자 남아서 해야 일이 잘된단 말이지.'

내 이야기다. 꼭 나만의 이야기는 아니길 바라보지만 아무튼 자주 저랬다. 계속되다 보면 야근을 합리화하며 받아들이게 된다. 시간이 흘러 정신 차리고 보니 모두 내 잘못이었다. 일을 미루어 두지 않고 미리 단계별로 나누어서 진행했어야 한다. 그날 해야 할 일이라고 그날로 몰아두면 안 된다. 그날 무슨 일이 벌어질지 알 수 없다. 회의도 중요하지만, 내 시간을 확보해가며 참석했어야 한다. 들어가기 어려운 회의는 거절하는 게 맞다. 일정 사이사이 생기는 시간을 날려 먹지 말았어야 한다. 아무리 대단하고 커다란 일도 결국 조금씩 해나가야 한다. 틈틈이 생기는 시간에 미리 나눠놓은 일을 처리할 수 있다. 꼭 무언가 제대로 자리에 앉아서 문서 작업을 하지 않더라도, 머리로 이리저리 굴려볼 수 있다. 가장 중요한 핵심은 일할 시간에 일하면 된다는 점이다. 무분별한 휴식과 수다는 시간과 집중력을 앗아간다. 이 모든 것으로도 안 된다면 일을 준 사람에게 솔직하게 이야기해야 한다. 일정대로 할 수 없다고. 일정을 조율하는 것도 일이다. 고요한 사무실에 혼자 남아 진짜 일을 한다는 착각을 몰아내기까지 많은 시행착오가 있었다. 주어진 일이 합리적이라면 야근은 일을 못 하기 때문에 생긴다. 야근하는 본인에 취할 것이 아니라 왜 일을 못 해서 이러고 앉아 있는지 자신을 돌아봐야 한다.

마지막 이유에 대해서는 아직 연구가 부족하다. 원인은 파악했지만 해결 방안이 모호하다. 야근 자체를 좋아하기 때문이다. 세상에서 어쩔 수 없는 게 딱 두 가지 있다. 좋아하는 것과 믿는 것은 막기 어렵다. 답이 없는 게 답이다. 야근을 사랑하는 사람들의 공식 일정은 이렇게 흘러간다. 우선 야근의 단짝 친구는 저녁 식사다. 대부분의 회사라면 저녁 시간 전에 일과가 끝난다. '야근 러버'들은 회사에서 저녁 먹는 것을 당연하게 생각한다. 저녁 먹고 들어와서 사무실에 앉아있기를 즐긴다. 일이 많아 바쁘다 보면 그럴 수도 있겠지만, 이들은 낮에 일로 바쁘지 않았다. 꼬리에 꼬리를 무는 인터넷 서핑, 배꼽시계보다 더 정확한 담배 타임, 회의보다 더 길어지는 잡담까지. 다른 방식으로 바쁘게 업무 시간을 보내고는 때가 되면 거창하고 우렁차게 한마디 외친다. "자, 이제 저녁 먹으러 갑시다!" 도대체 왜? 난 업무 시간에 할 일 다 해서 가족과 밥 먹으러 갈 건데? 저녁을 먹은 뒤, 야근 러버들이 어떻게 머물다 돌아가는지 눈에 훤하다. 적당히 끼적끼적하다가 일한 티를 내기 위해 밤늦게 전체 메일을 꼭 팀장을 참조로 넣어 별 내용 없이 보내고 퇴근한다. 바로 집으로도 가지 않고 오늘 하루 고생했다며 술자리를 가진다. 숙취에 절은 다음날은 어제 일하느라 무리했다며, 다시 업무시간을 허비한다. 놀라운 패턴은 돌고 돈다.

좋아하는 것을 싫어하게 하는 방법을 모른다. 무서워서 왜 좋아하냐고 물어보지도 못했다. 상상조차 할 수 없는 대답이 두렵다. 놓치고 있던 어마어마한 야근의 매력이 있을까 봐 떨린다. 알게 되면 나도 사랑에 빠질까 봐서. 취향은 존중한다. 사람은 모두 다른 거니까. 다른 이에게 강요하지 않았으면 좋겠다. 본인이 좋아서 사무실에서 사는 건 말리지 않겠다. 제 일 다 하고 제시간에 떠나는 사람에게 눈치 주지 말기를. 야근을 영광의 상처와 명예처럼 줄줄이 몸에 걸치고 다니지 말기를.

*

　야근에 대한 원인을 파고들수록 새로운 연구 과제가
생겨났다. 바로 자매품 '주말 출근'이다. 평일 야근이 깊
어지면 주말을 찾게 된다. 텅 빈 공백의 시간은 군침이
돈다. 이때 일을 하면 정말 뭐라도 할 수 있을 것 같다.
정 급할 땐 어쩔 수 없지만 절대 습관이 되면 안 된다.
당연히 사용할 수 있다는 생각은 모두를 피폐하게 만든
다. 한 번은 수요일쯤에 공지를 받았다. 토요일 오후에
전체 회의를 할 예정이니 미리 준비하라는 내용이었다.
회의 날짜가 잘못된 게 분명해서 주최자에게 수정 의견
을 보냈다. 틀린 게 없다고 했다. 주말에 우리는 만나기
로 되어 있었다. 아직 주중 업무 날짜가 남았는데 무슨
해괴망측한 일일까? 불만이 들끓었지만, 업무 일정이
빠듯해서 어쩔 수 없다는 앵무새 답변만 내려왔다. 우
린 주말에 만났고, 그 시간이 얼마나 의미가 있었는지
는 돌아보고 싶지 않다. 소중한 내 인생이 낭비되었다.

　가끔 야근 러버 중에 주말 근무도 사랑하는 변종도
있다. 각자의 이유에 맞게 일단 나온다. 주말 수당이 맛
있어서도 나오고, 남들에게 일하는 척하려고도 나온다.
이것도 취향 존중이지만 꼭 월요일이 되면 티를 낸다.

"제가 어제 출근해서 고민을 해봤는데⋯⋯."라고 시작한다. 자신이 마치 일을 아주 많이 하고 있고, 남들은 그렇지 않다는 듯한 뉘앙스를 온몸으로 풍긴다. 받아주는 리더가 있으면 참 곤란해진다. 멀쩡히 주어진 시간에 최선을 다한 사람들은 한순간에 게으름뱅이가 되어버린다. 야근을 좋아하든, 주말 근무를 즐겨하든, 알바가 아니지만 피해는 주지 않았으면 좋겠다.

또 다른 사이드 연구 프로젝트는 '퇴근 후 업무 연락'이다. 퇴근 후 쏟아지는 회사 단톡방 폭탄을 한 번쯤 경험해 봤을 테다. 끊임없이 뭘 알려주고 공지한다. 다음 날 말해도 될 것을 굳이 그런다. 본인은 쏟아내고 편하겠지만, 받는 사람은 불편하다. 대답을 안 하면 확인 안 한다고 해서 대꾸를 꼭 해야 한다. 그냥 "네."라고 하면 대충 답하는 것 같고, 그렇다고 "네, 알겠습니다."라고 하기에는 너무 진지하다. 절충해서 생겨난 대답이 "넵!"이다. 풀어쓰면 이렇다. "당신이 무슨 말 했는지 눈으로는 읽었으니 더 이상 아무 말 하지 말아 주세요." 리더나 윗사람의 안심을 위해 모두가 희생하는 방식이다. 단순 전달 사항은 그나마 약과다. 직접적인 업무 질문도 많이 받는다. 왜 밤늦게, 새벽 일찍, 주말에도 일이 궁금해지는 걸까? 본인이 일 생각을 계속하느라 그럴 수도 있지만, 아마 대부분 이래서 아닐까? 본인 위에 누군가가 물어봤고, 그 위는 또 그 위에서 물어봤다. 돈도 많이 받고 책임도 무거우니 아침, 밤, 주말 가리지 않고 '일하시느라' 수고가 많다. 그래도 업무 시간 외에는 혼자서 고민하고, 생각하면 안 되는 걸까? 물어보는 것은 편하다. 물어보는 게 막중한 일이라면 나도 할 수 있다.

주말 출근과 주말 연락은 공통된 원인에서 비롯된다. 많은 회사가 월요일 오전에 중요한 회의를 한다. 지난 기간의 실적을 점검하는 성격의 시간이다. 직책자들은 한마디씩 하며 성과를 내비쳐야 한다. 그렇지 못하면 더 윗분들이 '얘네는 노나?' 하고 오해할 수 있다. 방어전을 앞둔 주말이면 유독 궁금한 게 많아지고, 요청하는 자료가 늘어나게 된다. 슬기로운 조직은 월요일 회의를 지양해서 이를 피하기도 한다. 어떤 게 정답인지는 모르겠지만, 좀 더 당기는 쪽이 분명히 있다.

*

어설픈 내 연구보다도 훨씬 앞서서 체계적으로 마련된 대비책이 이미 존재한다. 직장인의 업무 효율을 높이며 퇴근 이후 시간을 지키기 위한 제도가 있다. 과거에는 가족의 날, 패밀리 데이라며 전 직원이 정시에 퇴근하는 날이 있었다. 요즘에는 '주 40시간&일 8시간 근무' 제도가 자리 잡고 있다. 정착되는 과도기에는 잡음도 많았다. 숨어서 몰래 일하기, 더 일하고 덜 했다고 하기 등 기발한 방법이 많았다. 시간이 흐르면서 점점 제대로 시행될 것이다. 불편해하고 힘들어하는 리더도 있지만 이제야 살 것 같다는 직원이 대부분이다. 이 시점에 문득 궁금해진다. 자리에 앉아서 엉덩이 붙이고 있는 절대 시간이 줄어서 회사가 얼마나 타격을 입었는지. 조금이라도 더 붙잡아 놓지 못해서 불안해하는 윗사람들의 심리적 손상을 빼고 말이다. 만약 회사가 성장하고 나아가는 데 문제가 없었다면, 이게 옳은 방향 아닐까? 서로 눈치 보며 앉아있는 문화가 사라지고, 본인 업무 시간에 집중해서 일하고 퇴근한다. 불합리와 억지가 사라지고, 일하는 분위기가 좋아지고 활력이 넘친다. 우린 이런 곳에서 일하고 싶어 한다. 내가 돌아갈 그곳도 그랬으면 좋겠다.

<복직과 퇴직의 저울>

직장인이라면 야근과 주말 근무가 선택이 아닌 필수인 줄 알았다. 누구도 크게 불평하지 않았고, 불만이 있어도 어쩔 수 없다는 분위기였다. 밤새 써온 보고서를 보는 리더의 눈초리는 '어제 고생했겠네.'라기보다는 '하면 다 되네.'가 분명했다. 스스로의 모자람으로 하게 되는 야근과 주말 출근은 점점 줄일 수 있었지만, 묻지 마 추가 근무는 막을 수 없는 영역이었다. 회사란 원래 이렇게 항상 급하게 "당장 내일!"을 외치며 돌아가야 하는 곳인지 의문이 쌓였다. 더 높이 올라가면 알게 되는 건지 궁금했다. 시키는 일을 겨우 쳐내기 바쁜 일개(미) 직원으로서는 그런 고민조차 사치였지만.

일 VS 사내 정치

불과 몇 년 전까지 임원 전용 엘리베이터가 있었다. 출·퇴근이나 점심시간처럼 인파가 몰릴 때, 일반 직원용 엘리베이터는 지옥철과 다르지 않게 사람으로 꽉꽉 찼다. 어쩌다 임원과 식사 약속이라도 있으면 횡재라도 한 듯 특별한 그 엘리베이터를 얻어 탈 수 있었다. 보물이라도 발견한 듯 놀라면서 따랐던 기억이 있다. 넓고 쾌적했고, 기다림이 없었다. 같은 건물 안에 이렇게나 다른 차원의 세계가 있었다니 신기했다. 가끔 급한 마음에 짐이 없으면 탈 수 없는 화물 엘리베이터를 몰래

타곤 했는데, 괴리감을 느꼈다. 누구는 여기저기 낀 채로 콩나물시루처럼 겨우 오고 가거나, 짐작인 척 스스로를 속이며 부끄러운 짓을 하며 다니는데, 누구는 모든 불편함이 다른 세상 이야기인 것처럼 구름 위를 걷듯 가뿐하게 오르락내리락하고 있었다. 이러려고 기를 쓰고 올라가려는 걸까 하며 막연한 환상을 가졌다.

　결국 차별을 조장하는 구시대의 유물은 사라졌다. 이제는 누구나 환상 속의 엘리베이터를 사용할 수 있게 되었다. 그렇다고 회사 전체를 가로지르는 수직적인 방향이 단숨에 수평으로 변하진 않았다. 사내 익명게시판에는 여전히 경직된 위아래 문화에 대한 고통과 힘듦이 주기적으로 올라왔다. 2020년대를 살고 있는 얼마 전에도 계속되는 풀기 어려운 갈등을 목격했다. 왜 변하지 않을까? 아니, 변화를 바라긴 하는 걸까? 바라지 않는 변화가 가능한 걸까? 회사는 계급사회다. 전형적인 군대 조직과 크게 다르지 않다. 군대에서 지위고하를 막론할 수 없는 것과 똑같다. 단단하게 고정된 계층 문화 속에서는 부수적인 것이 따라온다. 아래에서 위를 맞추려는 애씀이 그것이다. 애써 그건 회사의 일이 아니라고 여겼고, 꼭 해야 하는 일이라곤 생각지 않았다. 순진한 판단 착오임을 끊임없이 겪어왔다.

일이라 하면 주어진 과제에 집중해서 풀어가는 이성적인 영역이다. 합리적인 근거와 논리가 있으면 누구에게 들이대든 통과하지 못할 이유가 없다고 믿었다. 관련된 사람의 감정이나 환경이 바뀌어도, 일이 흔들릴 필요가 없었다. 그러나 언제나 일보다는 그 외의 것들이 결정했다. 공과 사의 분리는 당연할 줄 알았지만, 사가 공을 자주 덮었다. 일로 보이지 않는 것이 더 중요했고, 실제로 "일을 잘한다."라고 평가받는 사람들은 그것까지도 잘했다. 참 혼란스러워졌다. 일이 힘들면 차라리 나았다. 어떻게든 고민하고 방법을 찾아서 헤쳐 나가면 되니까. 스스로 일이 아니라고 여기는 것이 부각되면 어려웠다. 일이 아닌 것을 파고들기도 전에 '이게 일이 맞을까?'라며 규정하고 납득하느라 지쳤다. 일로 인정하기 힘들었던 이 회사의 일은 무엇이었을까?

*

회사에는 정치가 있다. 사전적 의미인 '나라를 다스리고 국가와 국민을 위한 활동'과는 다르지만, 모두가 짐작하고 이해하는 계층 사회의 그것이 존재한다. '사내 정치'라고 일컬어지는 이것은 다양한 활동을 수반한다. 의전하기, 비위 맞추기, 줄 서기 등이다. 술자리에 얼굴을 비추고, 개인적인 대소사를 챙기고, 골프를 함께 치며 정치는 이루어진다. 권력이 모여 있는 위를 향한 야망이 있는 자들은 이에 진심이다. 물론 실력이 뒷받침되어야만 정치적 활동은 효과가 있다. 정치만 잘해서는 분명히 한계가 있다. '오직 정치만 100단'의 상사를 만나면 짠하기도 하다. 한계가 보이는 것을 본인도 남들도 모두 알고 느끼고 있기 때문이다. 내겐 일이 아닌 정치가 실제의 일과 함께 공존하고 영향을 미치는 곳이 회사였다.

정치가 강력한 영향력을 발휘하는 인상적인 순간들이 있다. 연말마다 높은 분들의 자리가 정해질 때가 그때인데, 반전의 반전을 거듭한다. 모두가 끝났다고 여겼던 분이 과거의 끈끈한 줄에 의해 환생하기도 했다. 조직 내의 생사를 쥐고 있다면 누구라도 일보다 더 집중해서 뛰어들만하다. 일의 진행에도 많은 관련이 있다. 어쩐지 위에서 통과 안 되던 일도 윗사람과 관계가 좋아지거나 그런 사람이 도와주면 쉽게 넘어간다. 가끔은 애쓰고 만들어낸 일의 수고가 허탈해지기도 한다. 여전히 이건 일이 아니라며 고개를 돌려 본다. 직접적인 목적을 위한 적극적인 정치 활동을 해본 적이 없다. 이곳에 담을 생생한 경험이 없는 건 좀 아쉽다.

다소 황당하고 잡다해 보이는 복잡한 활동은 하나의 뚜렷한 목적이 있다. 아래에서 위를 맞추며, 든든한 세력을 갖추고자 한다. 누구 하나 믿기 어렵고 살얼음판 같은 조직에서 내 편을 최대한 확보하려는 본능이다. 생존의 간절함이 드러나기 때문에 가끔은 일과 개인을 넘어서기도 한다. 끊임없는 아부, 절대적인 충성과 찬양이 난무한다. 윗사람의 취향을 고려하고 끼니를 걱정한다. 사적인 일도 꼼꼼하게 들여다보며, 자신의 관심을 표하려 노력한다. 실제로 통하는 것을 바라보는 내 눈엔 늘 의심이 서려 있었다. 개인의 목적에는 부합할지 모르나 일을 잘하게 만들려는 회사라는 곳에 정말로 도움이 되는지 궁금했다. 오히려 뭉쳐 다니며 좋은 게 좋은 거라는 문화가 일을 해나가는 데 있어서 장애가 되지 않을지 걱정했다.

정치에 파묻히고 수직으로 경직된 문화가 지배한 곳에서는 꼭 필요한 일이 벌어지지 않았다. 갈등을 철저하게 회피했다. 여기서 말하는 갈등은 무작정 싸우고 덤비는 소모적인 것이 아니다. 좀 더 나은 방향으로 나아가기 위해 필수적인 '창의적인 갈등'이다. 회사에 여러 사람이 모인 이유가 있다. 서로의 다른 생각을 나누어 보완하며, 더 좋은 결과를 내기 위함이다. 이러려면 반대 의견도 있어야 하고, 부족한 점을 입 밖으로 꺼낼 수 있어야 한다. 그러나 안타깝게도 이런 일은 잘 벌어지지 않는다. 굳이 남에게 싫은 소리를 하고 싶어 하지 않는다. 심지어 그 대상이 위에 있는 상사라면 불가능하다. 조금이라도 더 마음에 들어도 모자랄 판에 그의 말이 틀렸고 잘못되었다고 말하긴 어렵다. 이런 분위기에서는 제대로 된 토론, 논쟁, 담론은 어불성설이다. 정치적인 관계는 지켜질지 모르겠지만, 잘 되어야 하는 일은 잘 되지 못한다. 어쩔 수 없는 인간의 기본적인 특징에서 기인하는데 『사소한 결정이 회사를 바꾼다』라는 책에서는 "자율성 용기를 갉아 먹으면서까지 갈등을 피하고 타인을 기분 좋게 만들고 그럼으로써 자신도 기분이 좋아지고 싶어 하는 인간의 욕망이 공통 원인이다."라고 결론을 내린다. 서로 기분만 챙겨가려는 상황은 이해하지만, 그래선 조금도 나아갈 수 없다. 개인적인 친분을 쌓기 위한 사교 모임에 참석한 게 아니다. 다른 무엇보다도 결국 일하러 이곳에 왔다. 일에 대해 해야 하는 이야기가 빠진 회사는 미래가 없다.

정치가 가득한 곳에서는 정치가 빠져있는 사람들이 인정받지 못한다. 정치를 하지 못한다고 일을 못 하는 것은 아니다. 드러내지 않고 알리지 않는 묵묵한 그들의 수고는 받아들여지기 어렵다. 꼭 필요한 일을 해내는 우직한 모습만큼이나 아무렇지 않게 던져지는 푸대접은 안타까웠다. 눈에 보이는 보상을 모두에게 골고루 나누어 줄 수는 없다. 허나 아무도 주목하지 않고, 리더조차 아예 가치를 몰라줄 때면 속상했다. 그 자리에 가까이 있었기 때문인지 비슷한 무리를 볼 때면 그랬다. 언젠가 한 번은 연말 회식 때 자리를 마무리하는 건배 제의를 맡게 되었다. 그 회식 시간도 다른 때와 같이 자신을 뽐내고, 위와 관계가 깊은 사람들이 빛나는 자리로 흘러갔다. 술김이었는지 그동안 쌓인 마음이 컸었는지 작정하고 자리에서 일어났다. "오늘 저는 흔하고 뻔한 수고했다는 말을 하지 않겠습니다. 제겐 그 말은 부족합니다. 그 이상의 인정이 우리에겐 필요합니다. 각자의 자리에서 제 몫을 다한 모든 분을 칭찬하고자 합니다. 제가 건배를 외치면 모두 '잘했다!'를 세 번 크게 외쳐주세요." 얼마나 진심이 통했는지는 모르겠지만, 누군가에게는 꽤 인상적이었던 것은 확실하다. 같은 건배 구호가 다른 자리에서 다른 선배를 통해 외쳐지는 것을 똑똑히 들었기 때문이다. 정치를 싫어하고, 정치에 서투른, 그래서 정치를 하지 않는 사람들도 존중받기를 원했다. 그게 엄청난 보상이 아니더라도 진심 어린 응원과 격려가 찾아가길 바랐다.

*

　이 모든 '일과 사내 정치'에 대한 생각도 개인적인 의견에 불과하다. 수많은 사람이 모인 회사라는 조직은 스스로 살아 움직이는 생명체처럼 필요하고 유리한 것을 골라내고 취한다. 이곳이 정치로 돌아가는 게 분명하다면 이는 현재의 명제다. 나만의 기호와 취향으로 거부한들 소용없다. 여전히 내겐 '일'과 '정치'를 합치지 않으려는 고집이 있다. 내가 자신이 없어서일까, 아니면 싫어서일까. 일과 수반되어 동행하는 것이 당연하다면 왜 받아들이지 못하는 걸까? 아쉬운 소리 하기 싫고, 부탁하기 싫어하는 성격 탓일까? 일에 대한 이야기를 나눌 때는 그것에만 집중하고 싶다. 가족, 취미, 날씨 이런 거 말고 일에 대해서만 말하고 싶다. 오로지 한 곳을 보며 의견을 나누어도 통하기 어려운데 다른 것으로 방해받고 싶지 않다. 일보다 더 큰 영향을 끼치는 것이 존재하는 상황은 견디기 힘들었다. 유독 조직 생활이 내옷 같지 않았던 게 그래서였나 보다. 일만 바라보며 단순하게 생각하길 바랐지만, 고려하고 따질 게 많아 늘 고통스러웠다. 10년의 세월을 날 선 아집을 세우며, 도도하게 서 있고자 했다. 아무도 알아주지 않더라도.

\<복직과 퇴직의 저울\>

직장 드라마에서나 보던 보이지 않는 기 싸움과 암투가 회사에는 실재했다. 이럴 시간에 일해야 하지 않을까라는 생각이 자주 들었지만, 일은 결국 정치로 결정되었다. 어디까지가 일의 경계인지 모호했다. 동료를 평가할 때 쉽게 내뱉는 말이 "걔는 정치적이야."였지만, 그땐 그게 정확히 어떤 뜻인지 몰랐다. 이제 보니 인정하지 않는 그 일까지 잘해서 잘나가는 사람을 낮춰 부르려는 속셈이었다. 잠시 그곳과 멀어져서 혼자 지내는 시간이 길어질수록 내 생각만 신뢰하는 맹목적인 파고들기가 점점 심해진다. 옆 사람의 "그렇게 살 거면 그냥 무인도 가서 혼자 살아라."가 더는 헛된 말로 들리지 않는다. 다시 그 정치판으로 들어가서 잘 지낼 수 있을까? 오랜만에 자신이 없어지는 순간이다.

끝나지 않는 술래잡기

　군대에서 놀랐던 점은 모두 나 같지 않아서였다. 나와 너무도 다른 사람이 많았다. 살면서 고만고만하고 비슷비슷한 무리에서만 지내다가 '젊은 한국 남자'라는 공통점 외에는 제각각인 무리에 던져졌다. 어쩌면 이렇게 살아온 배경, 가치관, 삶을 대하는 태도가 겹치는 부분이 하나도 없는지. 책이나 영화를 보면서 '이런 사람도 있네.' 했던 간접 체험이, 살을 부대끼는 체험으로 바뀌었다. 다름을 온몸으로 느꼈던 그때의 놀라운 경험은 살면서 다시는 할 수 없을 것 같았다. 복학 후 어렵게 취업의 문턱을 넘었고, 여러 검증 단계를 힘겹게 통과해서 회사라는 세계에 발을 디뎠다. 같은 과정을 지난 자들은 친근하며 익숙할 거라고 기대했다. 늘 그렇듯 현실은 기대를 뛰어넘었다. 군대와는 또 다른 차원으로 각양각색의 인물을 만났다. 같은 회사에 들어온 사람이 맞나 싶을 정도로 눈이 휘둥그레지는 상황을 자주 맞이했다.

"회사에 미친놈이 없다면 당신이 미친놈이다."

격언처럼 돌아다니는 진실이다. 신기하게 어딜 가나 꼭 있다. 분명 검사도 하고, 시험도 보고, 면접도 봤는데 한 명씩 있다. 선배 이야기에 등장하는 무능력자처럼 일을 안 하고, 못하는 단순한 문제가 아니다. 상식이 통하지 않았다. 내 상식에 문제가 있나 의심해 볼 정도로 이해하기 쉽지 않았다. 돌아볼수록 신기하고, 미스터리한 인물이 많았다. 꼭 같이 일하지 않더라도, 살아가면서 마주치면 고개가 돌아가게 만드는 초능력을 지녔다. 신경을 안 쓰려야 안 쓸 수 없는 '그놈들'에 대한 이야기를 해본다.

*

　무례한 놈은 예의가 없다. 처음 봐도 반말, 나중에 봐
도 반말이다. 새로운 프로젝트에 소집되어 회의실을 찾
아 헤매고 있었다. 안내받은 비슷한 위치에 적당한 규
모의 방이 있어 들어섰다. 이미 와 있는 사람이 있어 공
손하게 물었다. "여기 ○○회의 있는 곳 맞나요?" 눈을
흘기며 위아래로 나를 살피더니 귀찮다는 듯이 던졌다.
"그런 거 몰라. 여기 중요한 일 하는 데니까 나가." 순
간 잡상인이 된 줄 알았다. 그놈이나 나나 같은 회사 직
원일 텐데 순식간에 저 아래 세계 사람이 된 것 같았다.
왜 안 나가냐고 째려보는 눈빛에 아무 말도 못 하고 돌
아섰다. 그 후에도 가끔씩 비치는 그의 모습은 첫인상
과 크게 다르지 않았다. 하대와 무시를 몸에 칭칭 두르
고 다녔다. 오로지 자기 생각만 하는 놈도 있었다. 평소
에도 자랑 많이 하고 잘난 척이 몸에 배어 있었다. 진가
는 다 같이 모인 회의에서 나왔다. 본인이 맡은 일을 다
루는 차례가 오면 대단한 집중을 보여줬다. 일의 가치
를 강조하며 동시에 본인의 존재를 한껏 뽐냈다. 다음
안건으로 넘어가면 슬슬 발동을 걸었다. 화장실, 급한
전화 등의 자연스러운 핑계를 대며 회의실을 빠져나갔
다. 어떤 때는 회의가 끝날 때까지 돌아오지 않기도 했

다. 마치고 나와 보면 이미 자기 자리에 앉아 일하고 있었다. 처음에는 급한 일이 있나 보다 하고 넘겼는데 고정 루틴이었다. 자기 할 말만 끝나면 습관적으로 자리를 떴다. 남이 하는 일은 그에게 중요하지 않았다.

한 놈의 슬기로운 회사 생활을 따라가 보자. 그가 또일을 저질렀다. 회의 시간에 어이없는 태도로 모두의시간을 허비했다. 회의를 주관했지만 사전준비도 하지않았고, 목적도 불투명했다. 너도나도 알고 있는 당연한 정보 공유만 하다가 시간이 흘러갔다. 참다못한 팀장이 회의를 중단시키고, 다음에 더 준비해서 모이자며회의실을 나갔다. 그동안 아슬아슬하게 지내왔는데, 이번엔 제대로 찍혔다. 도대체 그는 왜 그럴까? 그 회의이후 억울하다고 온 사방에 이야기하고 다닌다. 모르는사람이 들으면 그는 아무 잘못이 없다고 생각이 들 정도다. 이렇게 뻔뻔할 수가 있을까? 아니 그것보다도, 어떻게 업무 시간에 자기 하소연을 하러 다니면서 시간을보낼 수 있을까? 제대로 준비해도 모자랄 판인데. 며칠후 다시 모인 회의 시간. 진행될수록 모두의 표정이 굳어간다. 달라진 게 없다. 그에게 해줄 말은 "미친 거 아냐?"밖에 없다고 속으로 외치게 된다. 정신이 나가지않고서는 이럴 수 없다. 팀장이 또 회의를 중단시키고 그를 따로 불렀다. 그는 이제 일이 없어졌다. 정확히 이야기하면 생각과 고민을 해야 하는 업무는 하지 않도록 배제되었다. 보통 사람이라면 느끼는 바가 있을 테다. 상황을 바꾸고자 스스로 태도의 변화를 추구할 것이다. 그는 역시 달랐다. 다행으로 여기고 심지어 즐기는 것처럼 보였다. 온종일 놀다가 집에 가는 게 분명했다. 아침 지각은 기본이고, 중간에 사라져서 커피와 담배로 시간을 한참 보내기 일쑤다. 퇴근 시간이 되면 누구보다도 먼저 사라진다. 월급 루팡이 따로 없다. 근무 시간만 대충 채우면서 받아 가는 월급이 불합리하다. 알고 보니 하나부터 열까지 짜인 그의 각본이었다. 언제부터 슬기롭게 지내왔던 걸까? 원래는 엄청 잘 나가던 유망주였다고 들은 것도 같은데…….

이상하다, 정상이 아니라는 말 말고는 설명할 길이 없다. 여러 가지 방식으로 이상한 놈이 존재했다. 틈만 나면 헛소리하는 놈이 있었다. 결혼을 곧 앞두고 있던 무렵, 그놈이 또 시작했다. "이봐, 요즘 892(성교를 뜻하는 비속어) 생활은 괜찮아?" 두 손을 불쾌하게 척척 쳐대며 눈을 동그랗게 뜨고 내게 물었다. 그땐 너무 당황해서 뭐가 뭔지도 모르고 허허 웃고 말았다. 지금 생각해보면 대놓고 성희롱을 건네던 미친놈이었다. 어쩌다 전날과 비슷한 옷을 입고 출근한 날이면 어디선가 나타나서 외쳤다. "집에 못 들어갔나 봐? 밤에 바빴겠어?" 뭐라 대꾸할 틈도 없었다. 이미 돌아서서 다른 사람들에게 신나게 소문을 내고 있었다. 꼭 이런 쪽이 아니어도 감당하기 어려운 놈이 많았다. 사생활을 꼬치꼬치 캐묻고, 듣고 싶지 않은 남 욕을 반복 재생해주기도 했다. 이간질과 편 가르기를 밥 먹듯이 했고, 자기편을 들지 않으면 바로 공격했다. 일할 시간과 정신도 부족한데 독특한 놈들에게 일일이 대항하긴 무리였다.

*

대부분 이렇지 않았지만 빠짐없이 한 명씩은 꼭 있었다. '휴, 이번엔 피했구나.'라고 생각하면, 비웃기라도 하듯 어디선가 등장했다. 한 가지 유형에 적응해서 내성이 생길쯤이면 신종 변종이 나타났다. 입사할 때 인성검사는 필수다. 회사에서 받아들일 수 있는 개인의 사고와 태도 및 행동 특성을 확인하고 들여보낸다. 도대체 이런 놈들은 어떻게 들어왔을까? 일부러 곳곳에 심고 계획한 위기 상황 대처 훈련이 아니라면 이해할 수가 없다. 처음엔 문제가 없었으나 어떤 계기가 생겨서 변한 걸까? 가끔 동료들과 농담식으로 말하곤 했다.

정기적으로 인성 검사를 해서 걸러내야 한다고. 그만큼 지뢰밭이 넓게 골고루 펼쳐져 있다. 아무리 모두가 한 몸 한뜻으로 정상적인 일하는 문화를 길러 놓아도 소용 없다. 한 마리의 미꾸라지가 만들어 낸 진흙탕에 전체가 흐려진다. 미꾸라지답게 손에 잘 잡히지 않고, 이리저리 피해 다니기 선수다. 회사에서는 이들과 끊임없는 술래잡기가 계속된다. 모두 잡아내지 못해 바꾸지 못한 술래는 지금도 열심히 찾아다니고 있다.

<복직과 퇴직의 저울>

이런 사람 저런 사람 모두 있는 세상이다 보니 그럴 수도 있다고 여기려 했다. 하지만 넘지 말아야 할 선을 넘는 자가 있었다. 그들과 스치거나 마주치고 나면 기분이 더러워지는 날이 많았다. 괜히 예의를 갖추고 남을 배려하는 노력이 모두 쓸데없는 짓으로 보일 만큼 제멋대로였다. 그곳엔 여전히 그들이 살아 숨 쉬고 있다. 지금의 나는 그들에게 흔들리지 않을 수 있을까? 날쌘 술래가 되어 다 잡아낼 수 있을까?

누가 회사에서 인정받는가

학교 다닐 땐 한 해를 마무리하며 받아보는 성적표에 익숙했다. 찍힌 점수와 등수가 마음에 들든 안 들든, 그 해의 나를 보여주는 기록이었다. 내가 정한 기준은 아니었지만, 그 안에 속한 처지라서 받아들여야 했다. 누군가 그 시절을 들여다보고 판단할 때면 아주 유용하게 사용되었다. "전 정말 즐겁게 지냈어요. 배우는 데도 최선이었고요!"라는 나만의 회상보다 훨씬 믿을만하게 여겨졌다. 회사에서도 쌀쌀해지기 시작하면 아직 비어 있는 성적표가 돌아다니며 들썩인다. 빈칸을 채우는 자와 채움 받는 자 모두 각각의 괴로움과 고통이 새어 나온다. 복잡한 과정을 통해 어떤 식으로든 결정이 나버린 뒤 알려지는 순간이 매해 어김없이 다가온다. 그날이 되면 회사 분위기가 묘해진다. 유독 즐거워 보이는 사람이 있는가 하면, 가라앉은 한기가 스며드는 사람도 있다. 따스함과 냉랭함이 뒤섞여 미지근한 공기가 사무실을 가득 채운다.

누구에게나 인정 욕구가 있다. 각자의 삶에서라면 인지하고 느끼는 방식이 다를 수 있다. 한 가지 틀로 짜인 곳에서는 자유롭기 어렵다. 회사에서 벌어지는 인사고과는 동일한 기준으로 전체를 측정하는 행위다. 직원의 능력, 성적, 태도를 종합적으로 평가하는 일로서 사람이 전부인 회사에서 이보다 더 중요한 일은 없다. 벗어나기 어려움 때문인지 오히려 결과를 받아 들고 나면 쉽게 흔들린다. 1년 동안 들인 시간과 노력이 하나의 문자에 갇히는 허탈함 때문이다. 부연 설명이 아무리 구구절절 길게 붙어있어도 소용없다. 고생했든 최선을 다했든, 어쨌거나 결론은 이름 옆에 붙은 등급이다. 눈앞에 놓인 글자는 우리의 인정 욕구를 시험한다. 이 정도면 되었다고 만족할 것인지, 아니면 이것밖에 안 된다고 절망할 것인지.

연말마다 받아 드는 성적에 초연해졌다. 어쩔 수 없는 영역이라는 생각이 들어서다. 여기까지 오는 데 쉽지만은 않았다. 죽도록 열심히 일하고 나서 예상보다 낮게 측정되면, 나의 1년이 통째로 부정되는 기분이었다. 어디다 하소연할 곳도 없고 기회도 없다. 주는 사람 입장을 생각해보면 결국 선택의 문제가 아니었을까 싶다. 모두 좋게 줄 수도 없으니 나름의 판단으로 정했을 테다. 아쉬운 것은 기준을 시원하게 알 수 없다는 사실이다. 하나는 확실하게 알 수 있다. 각각을 따로 떼어서 보는 절대평가는 절대 아니라는 것. 사람들을 서로 견주어서 재보는 상대평가임이 분명하다. 성적표 발송이 끝나고 얼마 안 돼서 가진 술자리에서 들은 이야기다. "걔보다 네가 훨씬 더 능력 있어. 걔가 받은 평가를 네가 받았어야 해." 기대 이하를 받았던 한 선배를 위로하는 다른 선배의 말이었다. 나도 강력히 동의했다. 누가 봐도 이해하기 어려운 상황이었다. 여러 사람이 엮이는 바람에 단순하게 돌아가지 않는다는 것을 깨달았다. 누가 높게 평가되면, 다른 누군가는 같은 위치에 오를 수 없었다. 누군가의 절대적인 성과가 꼭 받아 든 점수와 일치하진 않았다.

10년을 평가받았지만 아직도 어떻게 해야 잘 받는지

모른다. 알았다면 이런 글이 아니라 '회사에서 평가 잘 받는 법'을 쓰고 있었을 테니. 늘 고만고만한 중간에서 살짝 위, 그러니까 삶의 지향점인 '평균 이상'을 고수했다. 계속 그렇게 받다 보니 실제로 하는 일에 대한 노력과 성취가 딱 이 정돈가 싶었다. 아무리 내 딴에 뛰고 날아 봐도 그 이상을 넘어서지 못했다. 한계인가 싶으면서도 가끔은 기준에 물음표를 날렸다. 여전히 미지의 영역인 연말 평가를 애증의 표정으로 해마다 바라봤다.

*

"들었어? 이번에 저기가 올라간데!"
"그래? 여기는 또 떨어졌다는데?"

스포츠 토너먼트 중계가 아니다. 연말이면 누군가의 오르고 내림이 초유의 관심사다. 어떤 사람이 승진해서 팀장이 되고, 임원이 되느냐. 이보다 더 뜨거운 열기는 단연코 회사에 없다. 한 자리를 차지하는 순간은 회사원에게 많은 의미가 있다. 그렇게 되어본 적이 없어 직접적인 감상을 남길 수는 없지만, 돌아가는 분위기로 충분히 알 수 있다. 개인의 능력과 성과를 회사에서 인정해줄 때가 직장 생활에서 가장 빛나는 순간이 아닐까? 회사에서 꼭 필요한 존재로 받아들여지는 느낌은 어떤 보상보다도 값지지 않을지. 회사 입장에서도 무척이나 중요하고 어려운 결정이다. 새로운 리더를 세워 책임을 맡기는 만큼 위험도 크다. 따르는 조직과 구성원의 운명을 결정짓는 선택임이 분명하다. 회사의 결심이 어떤 영향을 끼치는지 머지않은 미래에 모두가 확인할 수 있다. 예상했겠지만 당연히 다 좋을 수는 없다. 힘겨운 선별의 정성과 노력이 무색해지는 일이 꼭 일어난다.

번번이 생겨나는 실망스러운 승진자를 보면 혼란스러웠다. 승진도 평가만큼이나 기준이 모호하고 알기 어렵다. 명확했다면 말도 안 되는 리더가 주기적으로 탄생하진 않았을 테다. 가까이서 보던 훌륭한 선배가 있었다. 내가 봐도 누가 봐도 리더가 되기에 적합했다. 그 선배에게 요청받은 동료 평가를 이렇게 남겼었다. "누군가 팀장이 된다면 이런 사람이 되어야 합니다. 언제나 먼저 고민하고 먼저 움직입니다. 안 된다고 하기보다 되는 방법을 찾습니다. 직원 입장이 아닌 회사와 고객 입장에서 생각하며 일합니다. 말보다는 행동이 빠릅니다. 그런 사람이 바로 이분입니다." 그 해는 물론 몇 해 동안 계속 문턱에서 미끄러지며 승진하지 못했다.

이를 바라보면서 그저 '더 나은 사람이 있어서겠지?'라며 애꿎은 합리화를 할 뿐이었다.

임원으로 시선을 옮기면 더더욱 머리가 어지러워진다. 임원이라 하면 어마 무시한 능력을 갖춘 사람을 기대했다. 팀장도 대단한데, 그중에서도 꼽고 꼽아서 올라간 사람이 아니던가. 하늘 높을 줄 모르는 기대는 황당무계한 이를 마주한 순간, 철저하게 무너졌다. '도대체 어떻게 그 자리에 올라간 거지?'라는 생각이 들게 하는 분이 꼭 있었다. 결정을 못 하고 미루는 분, 잘 모르겠으니 다 가져와 보라는 분, 하나부터 열까지 계속 물어보기만 하는 분, 결정 내리라는 요청에 절대 대답하지 않는 분, 혼자서 할 수 있는 게 없는 분, 일보다 술을 중요하게 생각하는 분 등. '뭔가 잘못되어도 한참 잘못되었구나.' 싶은 순간이 많았다. 구성원이 보지 못하는 전체 상황을 살피며 시의적절하게 내리는 의사결정 같은 건 요원했다. 탁월한 인사이트와 통찰력은 온데간데 없었다. 어이없는 분을 만나면 오히려 내 기준이 잘못된 게 아닐까 싶었다. 놓치고 있는 임원의 자질이 있어야 말이 되었다. 실제로 있기도 했다. 인정하고 싶지 않은 그것은 그들이 과거부터 탄탄하게 이어온 '끈'이었다.

한창 혈기 왕성하던 시절, 답답한 임원에게 맞섰던 경험이 있다. 여느 날처럼 "일단 생각해서 가져와 봐!"라는 말에 맞춰 생각을 정리해서 가져갔다. 다소 현실적으로 정리해 간 자료가 마음에 들지 않았는지 그분의 한숨이 새어 나왔다. 전부터 부리는 억지에 대한 불만이 턱밑까지 가득 차 있던 나는 애써 무시하고 끝까지 설명을 마쳤다. 역시나 바로 고정 멘트가 날아왔다. "그러니까 이러저러해서 안 된다는 이야기 말고 좀 그럴듯한 거 없나?" 본인도 그게 뭔지 모르겠고, 말해줄 수도 없으면서 그저 자기 마음에 드는 소리가 듣고 싶었던 모양이다. 모른 척하며 한 번 더 같은 이야기를 천천히 또박또박 설명했다. "이건 이래서 이렇고 저건 저래서 저렇습니다. 현재 생각할 수 있는 부분은 이 정도입니다."라고. 평소에 듣기 힘든 그분의 고성을 들을 수 있었다. "그걸 누가 몰라서 그러나! 이 답답한 사람아!" 옆에 있던 동료와 선배가 눈짓으로 말리지 않았다면 크게 한바탕할 뻔했다. 항상 이런 식이었다. 무능한 임원은 입만 살아 있었다. 직원들이 입 속의 혀처럼 굴기를 바라며, 알아서 모시길 원했다. 일로서 배울 점이 전혀 없는 분이 그곳에 올라 있었다.

회사가 선택한 팀장과 임원에게 실망감이 쌓이면서

더더욱 승진의 기준이 궁금했다. 공정하게 평가되고 선별되고 있는 걸까? 고르고 골라 뽑힌 사람들이 이 모양이 꼴이라면 여긴 미래가 없는 걸까? 아니면 어려운 자리라서 누가 돼도 이럴 수밖에 없는 걸까? 물론 훌륭한 리더도 많다. 인품과 능력을 겸비한 존경받아 마땅한 분이 있다. 구성원이 사랑하고 따르며, 오래 회사를 이끌어주길 바라는 그런 사람이다. 왜 모두 이럴 순 없는 걸까? 자리에 비해 사람이 부족해서 부족한 사람을 어쩔 수 없이 쓰는 걸까? 아니라면 고르는 과정과 잣대가 잘못된 게 아닐지. 누가 리더가 되어야 하는가? 당연히 '능력이 있는 사람'이 되어야 한다. 안타깝게도 아직 밥 먹듯이 하는 야근으로 열심히 일하는 척하는 사람, 일보다는 윗사람에게 잘 보이며 줄을 잘 서는 사람, 오점을 남기지 않기 위해 책임을 피하고, 실수를 외면하는 사람이 더 인정받는 듯하다. 리더는 조직의 생명줄과 같다. 구성원이 수긍할 수 없는 리더가 많다면, 그 조직은 건강하지 않고 희망이 없다. 능력 있는 사람은 도태되거나 떠나가고, 그저 그런 사람들만 남아서 서로 의미 없는 경쟁만 하게 된다.

*

'우두머리 노비'라는 말을 들어본 적 있는가? 어차피
전부 남의 집에서 종살이하는 신세라서 직장인을 노비
라고 칭한다. 그중에서도 중간 관리를 하기 위해 세워
두는 리더를 우두머리 노비라고 부른다. 스스로의 신
세를 한탄하며 외치는 자조와 조롱이 섞인 비유다. 한
때는 이 슬픈 유머에 신나게 웃으며 지낸 적도 있었다.
'그래. 이 안에서 잘한다고 인정받아 봤자 거기서 거기
네.' 하며, 별것 없다는 태도는 회사 생활을 편하게 만들
어 줬다. 인정받고 올라간 이를 안쓰럽게 쳐다보는 시
선은 그러지 못해 찌질해진 마음을 위로하기 충분했다.
옳지 못했던 그때를 변명해보자면 이렇다. 공정해 보여
야 할 기준이 상식으로 이해하기 어려워지면 숨이 막
혔다. 인정할 수 없는 결과와 그로 인해 경험하는 무능
력함이 실망을 더욱 가중시켰다. 일로 정확하게 돌아가
는 회사라는 곳에서 예외는 있을 수 없다고 믿었다. 아
무도 깔끔하게 설명해주지 않았다. 마치 그들만의 리그
인 양 들여다볼 수도 없었다. 투명해지지 않는 과정을
매년 보면서 스스로 발걸음을 돌렸다. 이해하고자 하는
노력과 바로 서길 기대하는 바람을 접었다. 멀리서 방
관과 실망을 거듭하며 쓸쓸하게 지내왔다.

<복직과 퇴직의 저울>

경험이 짧아서인지, 파악하는 능력의 부족인지 여전히 잘 모르겠다. 누가 인정받고 누가 올라가는지에 대한 회사의 잣대를. 그렇구나 싶다가도, 이건 또 뭐지 싶을 때가 있다. 모르니까 인정 못 받는 건가 싶다가도, 그래도 재보단 내가 낫지 않나 싶은 생각이 솟구친다. 칼자루의 방향은 변하지 않았기에 다시 돌아가도 여전할 테다. 고민이 된다. 그렇다면 이제 어떤 자세를 잡아야 하는지. 혹시 나 빼고 다 알고 있는 건가?

회사의 고정 루틴, 보고 또 보고

'짜장면 vs 짬뽕'. 영원한 인생 최대의 난제다. 이 외에도 만만치 않은 고민도 많다. '김치찌개 vs 된장찌개', '부먹 vs 찍먹', '치킨 vs 피자', '콜라 vs 사이다', '딱복 vs 물복' 등. 인생의 축소판인 회사에도 있다. 바로 '워드 vs 파워포인트'. 답이 안 나온다. 어쩌면 끝나지 않을 싸움이다. 결국은 취향의 문제인지도 모른다. 보고받는 윗사람이 무엇을 더 선호하는지에 따라 달라진다. 위가 바뀌면 거기에 맞춰 한 가지로 몰리기도 한다. 위는 계속 변하기에 어쨌든 둘과 친해질 수밖에 없다. 직장 생

활이 길어지면 길어질수록 저 둘에 대한 원망은 늘어
난다. 둘 다 만들어낸 마이크로소프트에 대한 직장인의
저주는 상당하다. 워드든 파워포인트든 들어가는 시간
과 노력이 어마어마하기 때문이다. 간단한 메모장만 있
었더라면 어떠한 꾸밈도 없고 참 좋았을 텐데 말이다.

　실력이 궁극의 경지에 오르면 워드든 파워포인트든
모두 똑같아진다. 서양과 동양의 무술 고수가 같은 지
점에서 통하듯이. 세로로 시작하느냐 가로로 시작하느
냐 정도의 차이다. 심지어 그깟 방향도 손쉽게 바꿀 수
있으니 다름없는 셈이다. 파워포인트가 이미지 중심이
라서 좀 다를 것 같지만, 워드도 가만히 있지 않는다.
자체 그림 그리기 도구가 꽤 만만치 않고, 파워포인트
로 그림 그린 것을 워드에 붙여 넣기도 한다. 이러니 두
싸움은 사실 의미가 없는지도 모르겠다. 진지하게 우리
가 고민해야 할 건 '보기 좋은 문서가 정말 필요한가?'
라는 의문 아닐까? 저기 바다 건너 '아마존'이라는 회사
에서는 쓸데없는 그림 그리기가 금지다. 글로 써서 필
요한 내용을 전달한다고 한다. 이미지, 폰트, 효과의 화
려함으로 가득했던 겉모습을 벗고 가려져 있던 진짜 내
용으로 승부한다. 글이라고 해서 얼마나 편하겠냐마는
그래도 본질에 집중하는 정성과 노력이 옳다고 여겨진

다. 요약하면 몇 마디면 될 것을 문서로 만든다고 꾸미고 양 늘리며 난리 쳐 볼수록 그렇다.

어느 조직에든 화백(畵伯)이 존재한다. 화가를 높여 부르는 용어인데, 회사에서 보고서를 얼마나 중시하는지 엿볼 수 있다. "그 친구 보고서 참 잘 그리지.", "걔 보고서는 참 예뻐." 등과 같은 말로 미술 작품처럼 보기 좋게 잘 꾸며 완성하는 사람을 칭송한다. 회사에서 존경받고 칭찬받는 사람은 일에서 높게 평가받는다. 일과 보고서가 동일시되며, 보고서를 잘 만드는 사람은 일을 잘하는 사람이다. 이상한 분위기는 일을 잘하기 위해 모두 보고서로 몰려드는 현상을 조장한다. 너도나도 화백이 되기 위해 끊임없이 연습하고 노력한다. 워드든 파워포인트든 할 것 없이 한계를 돌파한 예술 작품이 곳곳에서 탄생한다. 대형 모니터로 구석구석 확대해서 디테일을 살리고, 전체 구성과 구조를 조망하며 살핀다. 누구보다 멋지고 화려하게 만들기 위해 직장 생활의 대부분을 갈아 넣는다. 아무도 의심하지 않고 이상하게 여기지 않는다. 분명하게 보고서가 회사 일의 전부라고 믿고 또 믿는다.

아름다움을 선호하는 현상은 보고 현장에서도 쉽게

드러난다. 내용에 대한 코멘트가 아니라 엄한 형식에 꽂힌다. 칭찬을 들어도 "이런 보고서가 참 좋아. 빡빡하지 않고 적당한 위치에 표와 이미지가 있어서." 이런 식이다. 질책을 들어도 "여기 글자 크기가 좀 작아. 이 색깔은 안 어울려. 배경 이미지가 어색해." 이런 식이다. 물론 보기 좋은 떡이 먹기도 좋다. 그럼에도 결국 중요한 것은 떡의 맛, 내용이 아닐까? 내용을 채우기도 전에 껍질에 온 힘을 쏟느라 정작 단물이 몽땅 빠져 심심했던 적이 많다.

겉에 힘을 쓰다 보면 양이 늘어난다. 이것도 가져다 붙이고 저것도 가져다 붙인다. 어느 부서에서 몇백 장짜리 보고서를 만들었다는 소문이 돌면 다들 긴장한다. 우리 팀장은 그것보다 더 만들자고 하면 어쩌지 하며 덜덜 떤다. 종이 낭비를 막고자 가끔 보고서의 양을 제한하기도 한다. 대학교에서 리포트 양을 제한하고, 그 이상 분량은 감점이라고 하듯이. 서로 작작 좀 하자는 말이다. 별로 소용은 없다. 우리에겐 '부록'이라는 마법의 해결책이 있다. 본문은 양을 맞추지만 결국 뒤에 추가하고 싶고, 꾸미고 싶었던 모든 걸 다 붙여 놓는다. 멋지게 영어로 타이틀을 적어 놓기도 한다. 'Appendix'. 아이러니하게도 이 단어에는 '맹장'이라는 뜻도 있다.

수술로 우리 몸에서 손쉽게 떼 내어 버리는 그것 말이다. 있어도 그만, 없어도 그만인 것을 아쉬움과 불안함을 채우기 위해 줄줄이 달아 놓는다.

*

보고서는 보고하기 위해 작성된다. 당연히 보고서를 작성하는 사람과 보고하는 사람은 같아야 한다. 보고하기 위해 작성된 문서이기 때문이다. 말장난 같겠지만 조금만 더 들어보자. 보고서는 보고하는 목적과 논리에 맞게 내용을 갖추도록 보고자가 고민하고 결정해야 한다. 신기하게도 보고자와 작성자가 다를 때가 많다. 보고자가 작성자에게 이것저것 찰나의 영감으로 주르륵 주문을 던진다. 작성자는 최대한 고민하여 담아서 가져간다. 보고자는 그 보고서가 한 번에 마음에 들 수가 없다. 글이든 문서든 실제로 쓰고 작성하면서 많은 변화를 겪는다. 그런 것 없이 설익은 생각을 던져준 뒤, 남의 고민이 담긴 것을 받아 들면 이해도 잘 안될뿐더러 자기 생각과 같기가 어렵다.

그때부터 지독한 수정이 시작된다. 끝을 모르는 버전업을 'v_0.1'부터 해나간다. v_1.0으로 마무리하고 싶은 게 모든 직장인의 꿈이겠지만 그렇지 않다. 숫자는 무궁무진하다. v_2.0, v_3.0 "넌 어디까지 가봤니?"로 직장생활의 연륜을 판가름내기도 한다. 확신과 결심을 담아 'Final' 또는 '최종'을 야심 차게 달아보지만 별 수 없다. '_수정', '_재수정', '_최종 수정'이라는 표현으로 쉽게 더럽혀진다. 보고하는 사람이 직접 작성하면 이럴 일은 없지 않을까? 초안을 작성하고 자료를 수집하는 것은 함께할 수 있지만 흐름과 최종 결론은 보고자가 맡아서 완성하는 게 맞지 않을지. 최소한 자기가 보고할 문서를 보고 "이게 무슨 말이야?"라고 묻는 일은 없어야 할 텐데 말이다.

밑에서 작성하고 통과된 보고서는 위로 올라갈수록 변화와 진화를 반복한다. 더 윗사람, 더더 윗사람의 지위와 입맛에 걸맞게 수정된다. 기가 막히지만 해당 작업도 맨 밑에 있는 최초 작성자의 몫이다. 중간에 끼여 있는 분들의 입김이 점점 쌓인다. 무엇을 좋아할지 몰라서 종합 선물세트를 크게, 더 크게 준비하게 된다. 본질이 통했다면 형식은 변할 필요가 없는데 참 이상하다. 같은 내용인 보고서의 108가지 변신을 보면 정신이 혼미해진다. 힘들게 여정을 마치고 나면 주변에서 자료 요청을 받는다. 바로 자료를 주지 못하고 되묻게 된다.

"상무님 버전, 전무님 버전, 사장님 버전, 풀버전 무엇으로 드릴까요?"

*

직장 동료에게 "요즘 바빠?"라고 안부 물을 때 더 이상 설명이 필요 없는 대답이 있다. "다음 주에 보고 있어." 위로의 표정을 가득 담아서 "욕보게."라며 안쓰러워하고 돌아선다. 모니터 앞에 한껏 웅크리고 앉아서 한동안 길게 야근하는 모습이 절로 그려지기 때문이다. 보고서 쓰느라 밤새웠다는 이야기는 흔하다. 별 말없이 일하느라 좀 늦는다고 하면, 워드나 파워포인트 중 하나와 씨름하겠구나라고 이해하면 된다. 그곳에 들어있을 땐 눈치채지 못했지만 한 발짝 떨어져 있으니 이상한 점이 한둘이 아니다. 보고가 일의 전부처럼 여겨지는 게 맞는 건가? 일을 하기 위해 보고를 하는 건데 보고를 위해 일을 한다.

주마다 하는 일을 적는 주간 보고의 작성 스케줄을 살펴보자. 주간 보고가 이루어지는 주간 회의는 목요일이나 금요일에 열린다. 그 전날까지는 자료가 취합되어야 한다. 자료 제출을 위해서 월요일에 초안을 작성하고, 화요일에 검토받고, 수요일에 수정한다. 한 주 전체에 걸쳐 수행하는 일을 해당 주의 초에 상상으로 시작해서 주가 끝나기 전인 주중에 완성하는 셈이다. 실제한 일을 넣는 건데 그것을 넣는 게 일이 된다. 명확하게적을 내용이 없는 주가 되면 그 주의 시작부터 불안함에 시달린다. 생각 없이 비워놓거나 대충 넣으면 한 소리 듣는다. 적힌 내용으로 윗분에게 조직의 현황을 알리는데, 자칫 '놀고 있다.'는 인상을 주면 안 되기 때문이다. 매주 그럴듯한 내용을 담는 게 참 쉽지 않다. 일이라는 게 매번 굉장한 사건이 벌어지는 게 아니고 시간이 걸리기 마련이다. 물론 위에서는 잘하고 있나 감시할 수 있고, 밑에서는 잘하고 있어요 자랑도 할 수 있는 기회. 그래도 진짜 일해야 하는 시간을 줄여가며뭘 했다고 적어야 혼나지 않을까라는 고민에 투여하는건 여전히 아깝다. 문서의 내용이 아니라 문서 자체가일이 되는 주객전도가 자주 일어난다.

거대하고 묵직한 보고를 끝마친 직후의 상황을 들여다보면 이해가 쉽다. 우선 '잘 된 보고'란 무엇인지에대한 논란의 여지가 아직도 많다. 보고받는 상사가 아무 질문을 하지 않았거나, 싫은 티를 내지 않았다면 통과라고 여기는 사람이 있다. 질문을 많이 하고 다른 새

로운 의견을 주면서 이렇게 해보자고 해야 오케이라고
여기는 사람도 있다. "다음에 또 보지."라고 하면 누구
는 마음에 들지 않아서라고 하며, 누구는 진행하라는
승인으로 판단하기도 한다. 온갖 혼란스러운 해석과 추
측 속에 보고가 잘 되었다고 의견이 모이고 나면 그동
안 고생했다며 한 해를 마무리하는 분위기가 무르익는
다. 보고가 끝났으니까 모든 일이 다 끝났다는 식이다.
앞으로 이렇게 저렇게 열심히 하겠다고 담은 보고서의
내용이 무색할 정도로 포근한 휴식이 찾아온다. 일하기
위한 보고였는데 보고하고 나니 일을 다 한 기분이다.
안타깝게도 보고가 잘되지 않았다는 판단이 들면 다시
원점이다. 100% 야근 당첨이다. 보고서와 또다시 한판
승부를 벌인다. 다음엔 꼭 통과해서 짜릿한 쉼의 순간
을 누리고 말겠다고 투지를 불사른다.

*

　보고는 중요하다. 일의 목적이 아닌 수단으로써 그렇
다. 시작하기 전에, 하는 과정 중에, 마무리하면서 꼭 필
요하다. 위와 주변에 알리고 확인하고, 논의하고, 문제
해결을 위해 빠질 수 없는 행위다. 보고를 위한 보고서
도 같은 맥락으로 존재한다. 예쁘고 멋지게 보이기 위

해서가 아니라 정보를 전달하기 위해 작성된다. 여전히 우리는 보고에 집착하고 보고서에 매달린다. "내일 보고 있어요."가 마치 절대 건드리면 안 되는 지상 최대의 엄청난 사건으로 여겨지는 건 옳지 않다. 그 말이 자연스럽게 '집에 제때 못 들어가겠구나.'로 연결되는 현실은 단단히 잘못되었다.

보고는 그저 일을 해나가는 여러 가지 과정의 하나일 뿐이다. 보고가 일의 종착점이며, 작성되는 보고서가 해야 하는 일의 궁극의 목적처럼 인식되는 상황이 안쓰럽다. 다른 필요한 일에도 힘을 쏟아야 하는데, 이런 환경에서는 그럴 힘이 남아나질 않는다. 보고와 보고서를 위해 전력을 다하느라 야근과 주말 출근이 확실한 마당에 다른 여유가 있을 리 없다. 보고가 아닌 진짜 일을 할 때 들어가야 할 노력, 발상, 창의가 그깟 종이 위에 모두 쏟아 부어지는 게 한탄스럽다. 중요한 쟁점은 워드냐 파워포인트냐가 아니다. 하고 있는 일이 무엇인지가 주인공이 되어야 한다. 모두가 그렇게 여긴다면 메모장이 되었든 포스트잇이 되었든 뭐가 문제일까?

<복직과 퇴직의 저울>
글을 짓고 그림을 그리던 그때가 아련하다. 서체와 크기를 고민하며 보낸 부질없던 시간. 적절한 이미지를 찾느라 웹 서핑으로 버려지던 나날. 남이 만든 보기 좋은 보고서를 보면 부럽고 탐이 났다. 나도 언젠가 저렇게 완벽하게 만들고 말 거야라며 의욕을 불태우기도 했다. 내용은 형식을 통과하지 못하면 전달되지 않았다. 우리가 사람의 외모를 넘어서지 못하고 판단해버리는 것처럼. 당연한 인간의 본능을 회사에서는 다르길 바랐던 것 자체가 무리였으려나.

실적주의가 만든 비극

혹시 눈치챘는가? 3분기 끝자락, 9월이 되면 회사의 온갖 보도 자료가 쏟아진다. 신규 상품, 서비스, 제휴 협약 등 성과 관련 소식이 물밀듯이 나온다. 그때 만나기로 서로 약속이나 한 듯이 모두 다 그즈음이다. 연초에 작성된 기획 보고서를 확인해보면 대부분 9월이 목표 일정이다. 그 언저리에 있는 추석에 집에 못 가고 바쁜 게 거짓말이 아닐 수 있다. 진짜로 9월까지 마무리할 게 많아서 꼭 나와서 일해야 한다. 그런데 왜 한 해의 마지막 12월도 아니고 하필 9월일까?

그때 모든 승부가 끝나기 때문이다. 10월로 시작하는 4분기는 지난 한 해를 돌아보고 실적을 점검하는 시기다. 대상이 되는 기간인 1~3분기의 성과를 따져서 평가에 반영한다. 평가 결과는 다음 해의 승진 및 인사이동과 직결된다. 직책자인 팀장이나 임원은 내년에도 회사에 존재할 수 있는지가 무엇보다도 중요하다. 특히 임시 계약 직원이라고도 불리는 임원은 매년 한해살이를 힘들게 이어간다. 그들에겐 올해뿐이다. 그해가 그들에겐 마지막과 같다. 4분기가 오기 전에 보여줄 수 있는 모든 것을 증명해야 한다. 대충 한 것이든, 남이 다 한 것이든 상관없다. 이것도 했고, 저것도 했다고 온 사방팔방에 알려야 한다. 일명 '광 팔기'가 성행하는 시기다. 생존보다 앞서는 것은 없다. 살아남아야 다음이 있다.

절박한 임원이 아래로 내려찍는 압박을 밑에선 당해낼 재간이 없다. 무조건 그때까지 무언가 '짠'하고 나와야 한다. 그 이후는 아무 의미가 없다. 본인이 사라지고 난 뒤의 일은 관심 밖이다. 수단과 방법을 가리지 않고, 남들에게 보여줘야만 한다. 매년 정해진 기간에 놀라운 성과를 계속 낼 수 있다면 회사 입장에서는 나쁘지 않다. 적절한 긴장감을 통해 결과를 얻어낸 거니까. 이면을 자세히 들여다보면 곪아 터진 상처가 한둘이 아니다.

우리 인생에도 단기 계획과 중장기 계획이 있다. 다시 말해 당장 해야 하는 일과 시간을 가지면서 천천히 해나가야 하는 일이다. 회사에서 중장기 계획은 찬밥이다. 구색을 갖추는 데 필요할 뿐이다. 오로지 단기 실적주의를 위한 '퀵윈(Quick Win)' 전략만 중요하다. 괜히 외래어라 그럴싸해 보이지만, 결국 우리에게 친숙한 '빨리빨리'란 말이다. 이러니저러니 사정, 설명, 변명 필요 없고 바로 눈에 보이는 결과를 재빨리 내놓으라는 거다. 당장 보여줄 수 없다면, 어떤 심오한 계획도 버텨내지 못하고 사라진다. 중장기 계획은 설 자리가 없다. 대통령은 5년이라도 하는데 이건 한 해 뒤를 알 수 없으니 짧아도 너무 짧다.

모든 일이 전부 단기간에 되면 얼마가 좋겠는가. 원래 일이라 함은 이렇게 저렇게 삽질도 하고 배우면서 경험과 지식을 쌓으며 나아가는 건데 여기선 그럴 틈이 없다. 직원들도 기본부터 충실하게 차근차근해나가면서 몇 년 뒤를 바라보는 기획은 시도조차 하지 않는다. 열심히 준비해서 가져가 봐야 좋은 소리 못 들을 게 뻔하기 때문이다. 위에선 당장 그 해만 볼뿐, 먼 훗날 완성되는 것에는 눈길조차 주지 않는다. 오히려 그렇게 느슨하게 일해서 어쩌겠냐고 안 혼나면 다행이다.

위가 바뀌어도 변하지 않는다. 새로운 다음 사람이 오면 리셋이다. 지난해까지 해오던 일은 곧장 창고행이다. 새로운 분에게 하등 도움이 되지 않아서다. 자기 손으로 새롭게 무언가를 만들어 내야만 본인 성과가 된다. 과거에 대한 외면과 부정으로 시작한다. 깨끗하게 백지를 만들고 나면 새롭게 그림을 그린다. 9월을 향한 새로운 경주가 시작된다. 이렇다 보니 3년, 5년은커녕 2년짜리 계획도 세울 수 없다. 직원 입장에서 좋은 점이 하나 있다. 연말 인수인계에 대한 부담이 없다. 전임자와 후임자가 하이파이브하고 헤어졌다는 전설이 현실로 다가온다. 어차피 다 엎은 뒤 새로 할 거라서 전달하고 말고 할 게 없다. 그저 올 한 해도 잘 버텨보자는 응원을 주고받을 뿐이다.

짧은 한해살이 속에 '실수'는 용납될 수 없다. 회사에서 실수는 죽음이다. 이거 했다 저거 했다 알리기도 부족한 시간에 실수를 인정할 여유는 없다. 일하다 보면 생길 수 있는 실수를 임시방편으로 대충 덮어둔다. 한 해만 잘 버티면 되기에 별일 없이 넘어가길 바라며,

눈 가리고 아웅 한다. 미봉책에 불과해서 언젠가 문제가 터져 나올 수밖에 없다. 처참한 상처가 드러나고 나면 때는 늦었다. 오랜 시간이 흘러 원인 규명이 힘들고 책임자도 찾기 어렵다. 분명 똥을 싸 놓았는데 똥 싼 사람이 없다. 똥은 치워야 하니 치우긴 하는데, 그 사람이 똥 싼 사람은 아니다. 회사의 암묵적인 관습인 '똥 싸는 사람 따로, 똥 치우는 사람 따로'가 성립된다. 서로 똥 싸고 나 몰라라 하다 보니 회사에 똥은 계속 쌓이고 똥 치우는 사람들의 불만도 점점 쌓여 간다.

실수는 그것을 인정하고 배울 점을 찾는 데에 의미가 있다. 감추고 모르는 체해서는 나아질 수 없다. 하지만 실수를 인정하는 순간, 목숨이 위태로워지는 상황에서는 누구도 그러기 어렵다. 한 치의 실수도 내보이지 않으려 꽁꽁 싸매고, 다시 들여다보지 않으려 한다. 경험하며 모자람을 채워가는 기본적인 학습 원리가 원천 차단되는 셈이다. 무엇이 잘못이었는지 알지 못하고 같은 실수를 반복하게 된다. 이번 똥을 치우고 나서 열심히 애를 써보지만, 아쉽게도 저번 똥이랑 비슷하기 일쑤다. 겉으로 보기엔 아무 문제 없이 돌아가는 듯하지만 나아짐이 없는 악순환이 반복된다.

급하게 만들어낸 어설픈 물건은 파는 직원, 사는 고

객 모두에게 좋지 않다. 하자가 있어도 숨기고, 아직 준비가 안 되었더라도 껍데기만 씌워서 시장에 내놓는다. 그러면 꼭 문제가 터진다. 제 돈 내고 이용하는 소비자의 불편은 이루 말할 것도 없다. 안에서 운영하는 실무자도 함께 죽어난다. 결국 길지 않은 시간 안에 사망선고를 전하고 종료한다. 실수로 점철된 똑같은 운명이 돌고 돈다. 비슷비슷한 제품이나 서비스가 매년 이름만 바꿔서 나왔다 사라지는 이유가 이것이다. 제대로 준비하고 만들어서 회사에도 사용자에게도 좋다면 그럴 리 없다. 정해진 사상누각의 운명을 알면서도 해마다 반복한다.

*

9월마다 벌어지는 쇼를 보면서 이런 생각을 했다. 1평짜리 슈퍼마켓이더라도 직접 운영해보면 어떨까? 나만의 생각과 계획을 길게 끌고 나가며 다양한 시도를 해보고 싶었다. 시간에 쫓기는 보여주기식이 아니라 느리더라도 실패하면서 배우고 싶었다. 더 현실적이며 도움이 되겠다는 확신이 해마다 강해졌다. 회사 안에 있는 사람들이 이를 모르거나 원하지 않는 것이 아니다. 그 안에서 살아가는 생존 방식이 그럴 뿐이다. 규칙을 따르지 않으면 바로 좋은 먹잇감이 되어 제거된다. 생계를 책임지고 있는 어떤 직장인도 무모한 짓을 할 수 없다. 조용히 룰을 따르며 생명을 연장하는 수밖에.

회사에서 가장 좋아하는 말이 '혁신'이다. 골치 아픈 혁신의 정의는 제쳐두고, 그 단어가 주는 느낌만 생각해보자. '무조건 빨리빨리'와 '모른 척 똥 싸기'가 팽배한 곳에서 혁신이 일어날 수 있을까? 무언가 바꾸려면 지금의 잘못을 인정하는 것에서부터 시작해야 한다. 먹고살기 바쁜 회사원들이 솔직하게 꺼내놓으며 이야기할 수 있을까? 무작정 억지로 달리느라 너무 힘들었다고. 오점, 허점을 보고도 못 본 척하느라 양심에 찔렸었다고. 자기반성 없이 아무리 변화를 부르짖어도 소용없다. 그 변화조차도 급하게 만들어 낸 실수투성이일 테니까.

<복직과 퇴직의 저울>

그땐 잘 몰랐다. 무조건 기간 안에 해야 한다고 닦달하는 상사들의 마음을. 내년에도 살아있기를 바라는 애절함이었음을 이제야 짐작해본다. 목숨보다 무엇이 더 앞에 올 수 있을까. 그렇더라도 매년 쫓기듯 찍어내는 상품과 서비스가 옳은지 의문이다. 입사하면서부터 귀에 피가 나도록 듣는 '고객 중심'이라는 말과 정면충돌하기 때문이다. 정말

고객을 위한다면 우리는 좀 더 투명해지고 신중해져야 하
지 않을까?

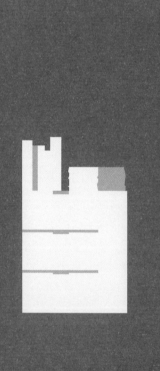

PART 4

고민으로
멈춰 서며

회사의 위기가 나에게 돌아온 날

"올해는 회사의 절박한 위기입니다!"

2009년 입사자인 나는 이 말을 머리에 얹고 회사에 들어갔다. 한 해 전에 발생한 미국발 글로벌 금융 위기 '서브프라임 모기지'라고 불리는 부동산 버블로 인해 우리나라 경제가 휘청였다. 큰 꿈을 안고 들어서는 내게 적절한 긴장감은 기회였다. 이럴 때야말로 회사를 위해 기여하는 모습을 보이는 게 내겐 도리이자 의무였다. 눈에 띄는 변화를 만들어 낼 순 없었지만, 맡은 바를 치열하게 고민하고 수행하며 일원으로서 책임을 다하려 했다. 신입사원인 내가 그럴진대 기존 선배와 상위 직책자는 더 큰 힘겨움 속에서 애를 쓰고 있을 거라 믿었다. 회사가 위험하다는 말을 입사 첫해 매일 들었다. 대표의 이야기에도, 공지사항에도, 보고서에도, 늘 들어 있었다. '위험'이란 말을 몰아내기 위해 모두가 한 몸 한뜻이 되어 일한다고 느껴졌다. 당장이라도 회사가 무너질 것 같이 위협을 받았지만, 다행히 눈을 뜨면 아직 건재했다. 하루하루 버텨가면서 위기를 극복해 나가고 있다고 생각했다. 이겨내는 우리에게 전우애 가까운 것을 느낄 정도로 몰입했다. 망하지 않은 그해가 끝나고 다음 해가 되었다.

새해 인사말에도 위험은 완전히 사라지지 않았다. 여전히 회사는 위기였다. 역시 겨우 1년 만에 절체절명의 순간이 완벽히 사라질 수 없구나라며 안타까워했다. 또다시 날을 세운 채 한 해를 보냈다. 중간중간 나아진다는 이야기가 들리긴 했지만 조여드는 압박감은 여전했다. 이제 막 사회에 발을 내디뎠는데 바로 회사가 없어져 버리면 어쩌나 싶었다. 매일 아침 전투에 임하는 자세로 출근해야 했다. 깜빡할 만한 틈을 주지 않고 곳곳에서 알려주었다. 해가 갈수록 위기의 정도는 오르락내리락했으나 큰 차이는 없었다. 위에 있는 분이 바뀌어도 언제나 강조했다. 우리는 당장 내일의 생존을 위해 일해야 한다고. 그렇게 10년을 한결같이 보냈다.

결국 여긴 늘 위기였다. 거짓말은 아니었다. 회사의 유지와 성장을 위해 가시밭길을 항상 건너고 있었다. 사업을 하고 돈을 버는 일은 안정감 넘치는 것과는 거리가 멀었다. 뒤늦게 입장을 바꿔 생각해봤다. 내가 사장이라도 돈 주고 일 시키며 "지금은 편안한 시기입니다. 마음 놓고 일하세요."라고 할 턱이 없었다. 10년 동안 단 한번도 위기가 아닌 적이 없었다. 회사에게 속았다는 기분보다는 오히려 이해하는 마음이 컸다. 스스로에 대한 나름의 의미부여도 빼놓지 않았다. 그 위기를 빠짐없이 극복했기에 지금도 회사와 내가 존재한다고 여겼다. 짧지 않은 10년 동안 겪고 이겨내며 꽤 성장했다고 느꼈다.

위기로 가득한 회사를 알아가면서 지독하게 싫은 것이 참 많았다. 일이라고 여겨지지 않고 함께 하고 싶지 않은 술, 눈치, 아부, 정치와 같은 것은 늘 곁에 존재했다. 다 좋은 곳이라면 내가 돈을 내고 다녀야겠지라는 생각을 하는 데는 오래 걸리지 않았다. 나를 위해 자세를 바로잡았다. 도움 되는 부분을 쏙쏙 골라내서 내 것을 만들기 위해 노력했다. 기획, 소통, 협력, 주장, 설득, 이해, 추진, 조정, 도전 등 일을 해나가는 데 필요한 기술을 익혀갔다. 실패도 해보고 반성도 하면서 다음번에 하면 좀 더 나을 수 있겠다는 믿음을 다져갔다. 과정에서 나름의 재미를 느끼며 커나가고 있었다. 원래도 혼자 잘난 맛에 살았는데, 회사에 다니면서 더 심해졌다. 돌아가는 게 눈에 보이고 뻔한 것들이 쉬워지면서 자신감은 점점 차올랐다. 그때의 나는 뭐든 다 할 수 있다는 기운이 충만해서 꼿꼿하게 서 있었다.

*

절정의 나를 엿보기 위해서는 이만한 장면이 없다. 딱 10년 차가 되던 해의 일이다. 사내 공모를 통해 입사 후 최초로 내 의지에 따라 조직을 옮겼다. 신규 사업을 추진하는 곳이었고, 새로움이 목마르던 내겐 오아시스 같았다. 여기저기서 모인 이들이 서로를 알기 위해 자기소개 시간을 가졌다. 내 차례가 되어 발걸음 당당하게 앞에 나가 확신과 자신에 찬 목소리로 힘차게 나를 알렸다.

하고 싶은 말을 걸러냄 없이 모두 담았다. 나라는 사람이 가진 자질과 해온 경험이 새 출발하는 곳에 힘을 보탤 수 있다고 전했다. 난 그때 정말 모두에게 외친 대로였다. '이래서 안 된다는 마음가짐이 아닌, 그래서 어떻게 해볼 것인가를 항상 고민하는 현실적이면서도 나아가고자 하는 강한 의지의 소유자'로 에너지 넘치고 하면 해내는 사람이었다. 물론 당찬 소개에 대한 다른 이의 반응에도 무심했다. 그런다고 영향을 받거나 변할 수 없는 있는 그대로의 나였기 때문에.

일도 그렇게 했다. 소개가 민망하지 않게 막막한 일도 애매한 일도 꿋꿋이 해나갔다. 10년을 꽉 채우던 그해를 그렇게 보냈다. 여전히 부조리와 비합리가 산재했지만 어쩔 수 없는 것에 매달리지 않았다. 오히려 적당히 제칠 것은 제치고, 해낼 수 있는 것에 집중했다. 아쉬운 점과 부족한 점은 쉬지 않고 생겼지만, 너무 얽매이지 않았다. 모두 다 챙겨갈 수 없는 것을 알았기에 중요한 것에 의미를 부여하며 채워갔다. 회사에서 처음으로 나만의 선택으로 바로 섰던 그곳에서의 1년을 그렇게 보냈다.

해가 바뀌었다. 10년이 지나고 11년 차가 되었다. 30
살과 31살이 차이가 없듯 그저 다음 시간의 순서일 뿐
이었다. 그런데 이상하게 뭔가 달랐다. 회사를 10년을
다녔다는 것, 이곳에서 일을 10년 동안 했다는 게 무겁
게 느껴졌다. 무엇이 처음과 달라졌으며, 앞으로의 10
년은 또 어떻게 달라질 것인가. 그 순간 신입사원 때의
나와 지금의 내가 무엇이 다른지 샅샅이 따져봤다. 조
금 빨라진 문서 만드는 속도, 남들 다하는 승진으로 오
른 월급, 적당히 가려먹는 눈칫밥. 갑자기 그간의 쌓아
올린 자신감이 온데간데없이 사라졌다. 곧바로 불안해
졌다. 다음 10년이 그려지지 않았다. 그동안 나를 이끌
어온 기운찬 힘이 남아있는지 확신이 서지 않았다. 처
음으로 걱정이 되었다.

퍼뜩 주변에서 흔히 볼 수 있는 힘 빼고 적당히 살살
오고 가는 선배들이 떠올랐다. '아, 그 사람들이 처음부
터 그랬던 게 아니었구나.' 싶었다. 지금 내가 겪는 순
간을 지나 변한 게 틀림없었다. '그럼 나도 그렇게 되는
건가?' 내 삶에 무기력과 대충이 들어찬 순간은 그동안
존재할 수 없었다. 그건 내가 아니었고 내 시간을 그렇

게 채우는 걸 참을 수 없었다. 비결은 넘치는 에너지였다. 그때까진 마르지 않고 에너지가 계속 생겨났다. 게임으로 치면 최대 HP가 점점 늘어나서 강해졌다. 앞으로도 그럴지 의문이 들었다. 더 이상 줄지 않으면 다행이었고 회복 속도도 더딜 것 같았다. 비실비실 힘없이 다니는 모습이 상상되자 몸서리쳐졌다. 달라진 건 그저 숫자뿐이었다. 10년 차와 11년 차. 숫자가 내게 의미를 부여했는지 내가 숫자에 그랬는지 알 수 없었다. 중요한 건 그 순간 내가 자신을 잃어버렸다는 사실이다. 10년을 힘차게 달려왔지만 다시 또 10년을 달릴 자신이 사라졌다.

마음이 쪼그라들자 새해가 되었어도 신나지 않았다. 하는 모든 일이 다 시시하고 허접해 보였다. 지금 하는 회의가, 지금 하는 보고가, 지금 나누는 대화가 모두 그랬다. 어김없이 들려오는 "올해는 위기입니다."도 이젠 귀에 들어오지 않았다. 더 이상 반복되는 거짓부렁에 속아주기 싫었다. 아무런 자극도 긴장도 내게 주입할 수 없었다. 다시 나를 들여다봤다. 나 같지 않게 힘없이 놓여있는 나를. 그동안 무엇이 변했고 얼마나 성장했는가? 앞으로도 이렇게 지내는 것이 옳은 것인가? 그렇지 않다면 무엇을 어떻게 바꿔야 하는가? 그럴 힘이 남아

있기는 한 걸까? 무엇하나 대답하기 어려웠다. 정확히는 대답할 에너지가 없었다. 답하지 못한 질문은 늘어만 갔다. 직장 11년 차는 그렇게 시작되었다.

<복직과 퇴직의 저울>

지금도 미스터리다. 왜 해가 바뀌었다고 그런 마음이 들었는지. 그동안 외면하던 아쉬움과 두려움이 바뀐 숫자를 핑계로 뛰쳐나오지 않았을까 짐작해본다. 갑자기 힘이 쭉 빠졌다. 열정은 찾아보기 어려웠다. 매일 쌓이는 것은 고민뿐이었다. 회사와 일, 그리고 나를 두고 쉬지 않고 생각했다. 시간은 흘러갔고 초조해졌다. 쫓아오는 것은 없었지만, 충분히 쫓기고 있었다. 어제까지만 해도 편안했던 그 자리에 제대로 서 있기 어려웠다.

마음 없는 머무름

　회사를 그만두고 싶다는 생각이 찾아온 것은 그때가 처음이 아니었다. 헤드 헌터에서 만들어 낸 것 같은 '3·6·9증후군'은 거짓이 분명했다. 이 말은 직장 3·6·9년마다 이직 또는 퇴사 위기가 찾아온다는 속설인데, 나는 시도 때도 없이 나가고 싶었기 때문이다. 이유는 다양했다. 말도 안 되는 일을 겪고 오는 날이면, 답답한 사람을 만나고 오는 날이면, 다음 날의 갑갑함이 그려지는 날이면. 그러려니 하고 있었던 비상식적인 일들이 가끔 내 삶의 불법처럼 다가왔다. 굴복하고 꺾

여서 순응해 살아가는 모습이 인생의 옳은 길을 거스른다고 느껴졌다. 그럼에도 붙어있는 이유는 하나였다. 나만의 법을 지키고 싶었지만, 다른 돈 버는 법을 몰랐다. 다른 방법을 배워 탈출할 재주도 용기도 자신도 없었다. 당장 먹고살아야 했기에 별다른 틈이 없었다. 씩씩대며 잠든 다음 날 눈을 뜨면 갈 곳은 변함이 없었다. 바로 전날 한심하다고 욕하며 돌아선 그곳을 향해 터벅터벅 걸었다. 거기 말고는 갈 곳이 없었다.

*

지금까지도 잊히지 않는 한 임원의 퇴사 편지가 있다. 회사에 들어온 지 얼마 안 된 시절, 누군가 이곳을 떠난다는 사실 자체가 큰 충격이었다. 애잔하면서도 덤덤하게 남긴 그의 마지막 인사는 조금 더 놀라웠다. "그동안 회사 덕분에 먹고살고 애들 학교 잘 보냈습니다. 감사합니다." 다른 내용은 없었다. 일로 이룬 자아 성취니, 성장과 깨달음 같은 건 없었다. 사람도 죽는 순간 기억나는 것이 살아온 시간의 정수이자 전부라고 하지 않는가. 가족에게 전하지 못한 사랑한다는 인사, 하지 못했던 하고 싶었던 일. 그 외에는 모두 부차적이고 부수적인 부스러기일 뿐이다. 그가 남긴 이야기에도 딱

한 가지 의미만 남아있었다. 회사 덕분에 밥을 먹을 수 있었다고 했다. 그때 확 느꼈다. 이곳은 진정한 밥벌이의 현장이구나. 이러니저러니 포장해도 결국 내일 먹을 밥을 위해 다니는 거구나. 밑에 있든 위에 있든 다 똑같은 이유로 붙어있는 거구나. 이때의 깨달음은 10년을 다니는 동안 항상 기저에 깔려 나를 따라다녔다. 어떤 것도 그 의미 이상을 뛰어넘기 어려웠다.

밥을 먹기 위한 일은 재미가 없었다. 어떤 일을 하더라도 신이 나야 할 맛이 나는데, 먹고살기 위한 건 그렇지 못했다. 좋아하는 취미도 일이 되어버리면 싫어져 버린다고 하지 않는가. 취미가 되지 못한 일, 일이 되어버린 취미 모두 지독히 재미가 없었다. 아침에 일어나서 출근하는 게 무감각해졌다. 어떤 것을 이루려고 가지 않았다. 그저 속해있는 의무감에 길을 나섰다. 사랑과 정성은 말라갔다. 집중은 관성과 예의일 뿐이었다. 문을 열고 들어서면 적당한 껍데기로 둘러쌌다. 기대받는 가치만큼만 딱 보여줄 수 있는 적절한 태도와 자세를 가진 것으로. 해가 져서 문을 열고 나올 때는 보란 듯이 내팽개쳤다. 다음날 다시 주섬주섬 주워 입을 테지만 벗어젖힐 때만큼은 기운찼다. 밥을 먹기 위한 변장은 매일 이어졌다.

사람과 어울리는 재미도 점점 없어졌다. 일이 힘들고 지칠 땐, 함께하는 이들과의 유대감을 느끼며 이겨낼 수 있었다. 결정적인 순간에는 늘 일이 사람보다 앞섰다. 사람보다 일이 먼저인 곳에서는 사람 사는 재미가 없었다. 돌아오지 않을 기대는 점점 감추고, 다가오는 기대도 모른 척했다. 다시는 사랑하지 않겠다고 다짐한 사람처럼 누구와도 더 깊어지지 않았다. 회사에서의 인연은 회사가 끝이 나면 사라지고 말 거라는 믿음만 깊어졌다. 모든 재미가 사라지고 나니 미련도 함께 없어졌다. 당장 그만둔다고 해도 아쉬워서 힘들어할 게 없었다.

남은 것은 오직 하나, 월급뿐이었다. 어김없이 빠짐없이 매달 한 번, 정해진 날에 불문율처럼 정확히 지켜졌다. 그날 아침 일찍 올라가는 통장의 숫자가 알려줬다. 다니는 의미를 깨닫게 해주는 딱 하나의 장치였다. 잠시 스쳐 가는 그 순간은 '아, 내가 이것 때문에 여기 있구나.'라고 깨우쳐줬다. 깜빡하고 의미 없이 오고 가다가도 밥을 먹고사는 이유를 떠올렸다. 아예 없는 것보다는 훨씬 나았다. 아무 이유 없이 가기 싫은 곳에 머물 뻔한 허무함을 채워줬다. 있어도 크게 힘이 되는 이유는 아니었지만 없으면 안 되었다. 겨우 만들어 놓은 연약한

합리화의 끈을 유지할 수 있는 유일한 재료였다.

　이유를 돈으로 맞춰두니 손쉽게 내 존재가 설명되었
다. 그야말로 값어치에 맞는 하나의 나사 또는 톱니바
퀴였다. 매겨진 가격이 있었고, 그 역할을 해내면 되었
다. 그게 전부가 아니라며 강하게 거부했던 시절이 민
망하게도 인정은 어렵지 않았다. 나 스스로 딱 그 정도
라고 여기며 다녔다. 어떤 일이 벌어져도 감정은 오르
지도 내리지도 않았다. 그래 봤자 그때 봤던 일이고, 지
난번에 해본 일이었다. 감정이 메마른 곳엔 열정과 분
노도 함께 사라졌다. 그래서 그런 것이고, 저래서 저런
것이었다. 흥분할 일도, 아쉬워할 일도, 기쁠 일도, 슬플
일도 없었다. 나와 회사는 서로 차갑게 머물러 있었다.

*

　"그건 자기가 내 일을 밥벌이 이상으론 생각을 안 했
기 때문이야. 나는 이 일 때문에 당신이 직업 없이 지내
는 동안 우리가 남의 신세 안 지고 살 수 있었기 때문에
만 이 일이 중요한 게 아냐. 이 일 자체가 나를 기쁘게
하는 걸 어떡해? 당신이나 아이들이 나를 살맛나게 하
는 것과 마찬가지로 이 일도 나를 살맛나게 하는 걸 어

떡해? 그게 돈벌이의 필요성이 별로 없어진 지금에 와서도 이 일을 버릴 수 없는 까닭이야."

"지금이나 마찬가지로 그때도 행복했던 건 내가 내 일을 사랑했기 때문이야. 일 자체에서 느끼는 보람이 적지 않았기 때문이야. 그런 의미로 나나 당신이나 이 일에 신세 진 게 많아."

_박완서,『꽃 지고 잎 피고』중

책을 읽어도 이런 부분만 마음에 들어왔다. 내겐 이 대사를 말하는 인물이 가진 것이 없었다. 일에 대한 사랑. 그게 하나도 남아있지 않았다. 무언가 없다는 것을 알고 나면 꼭 헷갈린다. 원래부터 없었던 것인지 아니면 잃어버리거나 놓친 것인지. 돌아봐도 풀기 어려운 문제다. 아니, 풀어도 소용이 없다. 그걸 알아내도 지금 원하지 않는다면 의미가 없다. 그때 난 일에 대한 사랑을 갖고 싶지 않았다.

주변을 둘러보면 일을 사랑하는 사람이 있었다. '어떻게 일을 사랑할 수 있나요?'라는 질문이 혀끝을 맴돌았지만 쉽게 나오진 않았다. 답을 알아내도 그렇게 할 것이 아니었기에. 한번 해 볼까 하는 호기심도 쓸모없었다. 사랑은 배워서 할 수 있는 게 아니었다. 그들과 나는 다른 사람이었다. 한 곳에서 같은 일을 하지만, 다른 곳을 보는 사람. 함께 자리에 앉아 눈을 마주 보고 말을 나누지만, 서로의 마음은 함께 있지 않았다. 영혼 없는 자리 지킴은 쉽지 않았다. 때때로 혼자서 보는 연극을 하고 있다는 생각이 들 때면 외로워졌다. 이 공연의 막이 내리는 시간을 알 수 없었다.

<복직과 퇴직의 저울>

가장 힘들었던 시기다. 일에 치이고 실수하고 혼나던 때보다 더 많이 괴로웠다. 마음의 요동 없이 머리로만 처리하는 내가 기계 같았다. 마음을 주지 않으려고 지키는 것도 아니었다. 줄 마음 자체가 없었다. 주어진 일을 적당히 고민하고 적당히 처리했다. 그것의 성패에는 관심이 없었다. 잘 돼도 못 돼도 그저 그랬다. 의미를 부여하지 않았다. 이런 내 태도는 나에 대한 의미도 앗아갔다. 그곳에서 나는 실제로는 존재하지 않았다.

내 삶의 신의 한 수

난 요즘 병이 없다. 일요일 저녁이면 불안하고 초조
해지던 게 말끔히 사라졌다. 이제는 사라진 개그콘서트
가 벌써 끝나간다며 괜히 원망하는 모습이 내게도 있었
다. 가지 않는 회사 덕분에 더 이상 하루를 마무리하는
게 무섭지 않다. 다음 날을 기대하는 내겐 월요병은 다
른 세상 이야기다. 원치 않는 술을 먹고 힘들어할 일도
없다. 어쩌다 기분이 좋으면 주량껏 맥주 한잔을 한다.
그마저도 다 못 먹겠으면 과감히 내려놓고 남긴다. 억
지로 먹은 술로 아침부터 힘들어하는 술병은 몸도 잊어

버린 지 오래다. 그의 발걸음과 한숨 소리만 들어도 온
신경이 쏠리던 때가 있었다. 함께 있으면 언제나 긴장
하게 되고, 잘 나오던 말도 꼬이곤 했었다. 이래라저래
라하는 사람이 없어졌다. 이렇게 바꿔라 저렇게 고쳐라
하는 윗분이 사라졌다. 그리워하는 마음만큼 멀리하고
싶어지는 상사병을 앓아본 기억이 멀다. 과거를 대표하
던 이 병들 외에도 회의병, 보고병, 워드병, 파워포인트
병, 회식병, 점심 메뉴병 같이 그곳에만 있던 각종 질환
이 씻은 듯 나았다. 달라진 건 몸에서 사라진 병마뿐이
아니다. 마음과 정신도 변했다.

우선 매몰돼 있던 시선이 달라졌다. 바라보던 방향
은 뻔했다. 같은 팀 동료와 리더를 향했고, 기껏해야 임
원이나 사장이 보는 쪽을 힐끗거릴 뿐이었다. 그마저도
좀 잘하면 칭찬받곤 했다. 높은 분이 보는 걸 볼 줄 알
아야 크게 된다며. 시야는 더 참담했다. 잘해봐야 회사
전체를 얄팍하게 둘러봤다. 밖은 마치 보지 말아야 할
것이 있는 양 내다볼 생각조차 하지 못했다. 이젠 밖으
로 나와 전혀 다른 세상을 보고 있다. 안에 머물며 전부
라 믿었던 방향과 범위는 수천만 가지 중 하나였다. 밖
에서 안을 바라보는 새로운 관점도 생겼다. 그곳에 웅
크린 예전의 내 모습과 닮은꼴을 보면 나와 보길 잘했

구나 싶다. 그 안에선 밖을 상상도 못 하므로.

　월급이 끊어지면 죽는 줄 알았다. 자산이 늘지 않으면 뒤처지는 줄 알았다. 부족하지 않게 벌면서도 늘 모자란다고 동동거렸다. 한 푼이라도 더 모으고 싶었기 때문이다. 99마지기 논을 가진 자가 1마지기 논이 부족해 불행하다는 말이 딱 맞았다. 계속 늘리고 싶어 했고, 그것만이 삶이 나아지는 우상향 직선이라고 믿었다. 모두 지나간 추억이다. 지금은 벌지 않으면서도 여유롭다. 벌이가 없으니 돈과 제대로 마주하게 되었다. 쫓아만 다녔던 그 녀석이 인생의 목적으로 삼을 만한 것이 아님을 깨달았다. 돈을 다루는 방식이 변했다. 모으는 것보다 나누는 데 관심이 많아졌다. 죽고 나서 싸가지고 갈 방법도 없거니와 자식에게 물려줄 생각도 없다. 사는 동안 돕고 베풀며 다 쓰고 갈 생각이다. 휴직을 시작하며 잠시 멈췄던 부모님 용돈 드리는 것도 기부도 전보다 더 많이 하고 있다. 좋은 일이 있거나 생기는 돈이 있으면, 꼭 나눔이 먼저다. 그러라고 들어온 돈이라는 생각이 명확해졌다. 온전히 내 것은 세상에 없다는 게 현재의 마음이다. 펑펑 돈을 벌 때는 이렇게 생각하지 못했다. 눈앞의 재물에만 정신이 쏠려서 주변 따윈 돌아볼 여력이 없었다. 적당히 살아가며 쓸데없는 소비를 줄일수록 여유가 생겼다. 남에게 보여주기식 돈쓰기를 멈추고 나니 그 돈이 필요한 사람이 보였다.

매일 바빴다. 정신을 차리고 나면 하루가 지나있었다. 그런 하루를 보내고 나면 한 달, 1년이 훌쩍훌쩍 흘러가 있었다. 시간은 모두에게 공평하다는데, 난 왜 이리 부족하기만 할까 싶었다. 일을 쉬어보니 시간은 늘 충분히 있다는 걸 알았다. 쉬어가는 지금도 잠깐 정신을 놓치면 금방 저녁이고 밤이 된다. 집중해서 알차게 사용하면 뿌듯하고, 느긋하게 하루를 마무리한다. 무언가 하고자 하면 시간은 분명히 내 편이 되어준다. 회사에 다니면서도 분명 남는 시간은 많았다. 출·퇴근 시간, 마치고 난 저녁, 주말, 휴일. 시간을 제대로 따져보고 누릴 상황이 아니었다. 회사에 모두 쏟아 버리고 남아있지 않은 기력과 정신 탓이었다. 바쁜 건 시간이 모자라서가 아니라 마음이 모자라서였다. 다시 돌아가면 완벽히 달라질 거라고 장담은 못 하겠다. 조금씩은 마음을 내어 내 시간을 챙겨갈 욕심은 분명해졌다.

한마디로 몸과 마음이 건강해졌다. 특별한 약을 먹은 것도, 치료를 받은 것도 아니다. 잠시 회사를 내게서 빼냈다. 놀라운 변화의 원인은 그 하나다. 내 의지가 빠져

있는 그곳을 잠시 제쳐두었다. 원하지 않지만 살기 위한 일을 해왔었다. 이유도 모르고 남이 시켜서 하던 일을 쉬고 있다. 지금은 나와 가족을 위해 해야 하는 일을 하고 내가 하고 싶은 일을 한다. 그때의 무모한 결단 덕분이다. 소중한 결정을 후회하지 않는다.

*

"정말 괜찮겠어? 나중에 후회 안 하겠어?" 솔직히 불안했다. 그들의 진심 담긴 걱정이 전해질 때면 쉽게 흔들렸다. 버티는 자도 어려운 상황에 떠났다 오는 방식은 불가능해 보였다. 다행히 원하는 게 명확했기에 선택은 어렵지 않았다. 쉬고 싶었다. 원했던 건 단지 그거였다. 어쩔 줄 몰라 지금껏 끙끙대며 끌고 온 회사를 내려놓고 싶었다. 10년을 지나 다음 10년 앞에 서 있는 순간 바라는 건 그것뿐이었다. 잠시 멈추면 정말 세상이 끝나는지 궁금했다. 일이 없는 삶을 살아보고 싶었다.

멈출 준비는 이미 착착 진행되고 있었다. 일에 대한 사랑이 사라져버려 버릇처럼 익숙해진 월급 말고는 의미가 없었다. 남아있을 이유가 없는 곳을 떠나는 결정은 당연하면서도 자연스러웠다. 아이와 좀 더 오래 함께하고 싶다는 욕심도 부추겼지만 처음은 아니었다. 아들이 태어나면서부터 욕구는 늘 있었지만, 멈칫하고 주저했었다. 예전에는 못했던 결심을 뒤늦게야 하게 된건 내면의 변화 덕분이었다. 일보다 돈보다 앞서는 게 내 안에서 생겨났다. 나와 내 가족이 그것이었다.

98%의 결심을 완전하고 단단하게 만들어 준 건 주변의 반응이었다. 나보다는 회사를 더 걱정하는 사람이 많았다. 그들은 내가 회사를 떠나도 문제가 없을지 근심이 깊었다. 회사에 돌아오지 못하고, 회사에 다니지 않으면 내가 아니라고 말했다. 회사가 빠진 인생은 제대로 된 삶이 아니라고 정해주고 있었다. 중심이 내가 아닌 걱정이 쌓일수록 떠나고자 하는 다짐은 강해졌다. 덕분에 떠났다.

*

나로 가득한 삶을 살고 있다. 태어나 처음으로 나를 살펴보고 있다. 무엇을 좋아하는지 어떤 것을 하고 싶어 하는지. 사실, 나는 내가 사람과 함께 있지 않으면 외로워 죽는 사람인 줄 알았다. 총각 시절에는 단 5분도 혼자 있지 못했다. 지금은 5분만 같이 있어도 신경

쓸 게 많아서 힘들다. 예전엔 사람과 어울리는 게 보기 좋다고들 하니까 참으면서 버텼던 모양이다. 힘든 줄도 모르고 그래야 한다니까 실제로 원한다고 착각했다. 그동안 자신을 참 모르고 살았다. 이젠 하나하나 마음에 귀 기울이며 들어본다. 내가 이렇구나 하면서.

회사가 빠진 생활이란 단순히 출·퇴근이 없는 게 전부가 아니다. 남에게 알릴 필요 없는 삶이며, 남을 설득하지 않아도 되는 시간이다. 나만 이해하고 납득하면 끝이다. 말 그대로 내가 주인이다. 아이를 보는 것도, 책을 읽는 것도, 늘어져 자는 것도 모두 내가 원해서 하는 거다. 행하지 않은 것도 미루어 두는 것도 다 내 결정이다. 언제까지 해오세요, 이건 이렇게 해오세요, 할 사람이 없다. 누구도 뭐라 하지 않는다. 생애 처음으로 나를 맞이하고 있다. 말로만 자유니 선택이니 열심히 듣고 배웠었는데, 멀리 있지 않았다. 일어나고 먹고 잘 시간을 정하는 것만으로도 삶의 판도가 달라진다. 난 지금 나로 살고 있다. 회사원 아무개가 아니라.

<복직과 퇴직의 저울>

진심으로 매력이 터진다. 휴직 생활을 하지 못하고 죽었다면 원한 풀 길이 없었을 것이 확실하다. 요즘 직장인은 퇴사, 이직, 코인, 주식 고민 등 쌓아둔 응어리가 너무나도 많다고 한다. 그중 뭐 하나 제대로 실행하기 어려울 땐 나처럼 쉬면서 전환점을 가져보면 어떨까? 내내 붙어있느라 원래부터 한 몸인 줄 알았던 회사를 벗어던지는 경험은 놀랍다. 그곳에 갇혀 아무것도 보지도 듣지도 알지도 못했을 내 삶을 구원했다. 신의 한 수가 있다면 내겐 휴직이 그것이다.

그녀의 회사와 나의 휴직

　그녀가 회사를 그만두었다. 그녀는 본인의 일을 사랑했다. 언제나 조금 더 고민하고 행동했다. 맡은 일을 잘해냈고 인정받았다. 설렁설렁 다니는 나와는 반대였다. 어디에나 한 명씩 있을 법한 모범 직원이었다. 안타깝게도 회사에는 그녀만 있지 않았다. 나쁘고 이상한 사람이 자석의 다른 극처럼 따라다녔다. 그녀답게 슬기롭게 잘 헤쳐 나갔지만, 어느 순간 한계가 찾아왔다. 그동안 힘든 사람들을 견디면서 쌓이고 쌓이다 넘친 건지, 아니면 넘지 못할 최악을 만나서 인지는 불명확했다.

이해할 수 없는 악랄한 자들은 쓰러지지 않고 등장하는 좀비처럼 사방에서 뛰쳐나왔다. 스스로의 상태를 인지하지 못하는 괴물같이 당당했다. 결국 몸과 마음의 병을 가득 안고 떠났다.

내게 회사는 그녀, 그러니까 아내 그 자체였다. 아내 '파랑'을 만나 사랑을 시작한 건 그룹 연수였다. 힘든 사회 초년생 시절을 버틴 것도 함께여서 가능했다. 연애 시절 짓궂게 구는 그녀의 직장 상사 장난에도 아랑곳하지 않았다. 원하면 직접 와서 데려가라는 무례한 요구에도 당당히 밤늦은 파랑의 팀 회식에 참여해 인사하고 함께 나왔다. 그땐 두려운 게 없었기에 그들 장단에 맞춰주면서도 내 말을 자신 있게 할 수 있었다. 못된 팀장, 선배를 만나 힘들어하면 계급장 떼고 남자로서 붙게 해달라고 졸라댔다. 비이성적인 사람을 매질로 정신을 차리게 할 수만 있다면, 파랑의 억울함과 괴로움을 그렇게라도 해소할 수만 있다면 정말 그러고 싶었다. 회사는 안 다녀도 그만이고 경찰서에 잠시 다녀와도 상관없었다. 혈기 왕성하고 철부지였던 내가 결혼을 하고 아빠가 되면서 조금씩 사람이 되어갔다. 큰 인생의 전환점을 회사에서 동반자 파랑과 함께 지나왔다.

파랑은 약해진 몸과 마음의 안정을 위해 휴직을 냈다. 다행히 회사와 멀어진 덕인지, 눈에 띄게 치유되었다. 새로운 생활과 공부가 꽤 마음에 드는 모양이다. 회사에 다니던 모습을 상상하기 어려울 정도로 지금 입은 옷이 잘 어울린다. 원한다면 다시 돌아갈 수도 있었지만, 담담히 결정했다. 1년이 지난 뒤 퇴사했다. 사회생활의 전부인 파랑이 영원히 떠났다. 다시 회사로 돌아가도 이제는 파랑이 없다. 언제나 사내 메신저 가장 위에 떠 있던 파랑을 더 이상 볼 수 없다.

파랑의 입사부터 퇴사까지 곁에서 모두 지켜보며 기분이 묘했다. 아니 쓸쓸했다. 명랑했던 신입사원으로 들어가 10년이 흐른 뒤에 떠나는 모습이 아름답지 않았다. 회사는 예쁘고 멋진 곳이 될 수 없다는 걸 알만큼은 다녔지만, 한 사람의 인생이 녹아있는 그곳이 조금 더 의미 있어 보이길 바랐다. 돌아보면 자리가 얼마나 높았든지 간에 떠나는 사람의 모습은 마냥 그럴듯하지 않았다. 어쩌면 대부분 본인의 선택이 아니어서 그럴 수도 있겠다. 그래도 파랑은 스스로 선택했다. 물론 그 결정에는 가치를 매길 수 없을 정도로 못난 사람들이 한몫했지만.

내가 아는 파랑이라면 꽤 오래전부터 회사에 대한 미련, 아쉬움을 떠나보냈을 거다. 그녀를 가득 채웠던 회사라는 공간에 이미 다른 것으로 채워져 있을 테다. 문득 언젠가 저 순간이 오면 어떨지 생각해봤다. '회사를 떠난다.' 아직은 상상이 되지 않는다. 충분히 오래 떠나서 쉬고 있음에도 말이다. 예전부터 조금씩 끼적이던 메모가 생각났다. 바로 '퇴사 인사'. 아직 몇 글자 적혀 있지 않지만, 나중에 제대로 전하지 못하고 후회할까 봐 틈틈이 적어두기 시작했다. 미리 계획하지 않으면 병이 나는 나다운 준비. 아무튼 난 아직은 아니다. 지금은 그녀를 추억할 시간이다. "파랑! 그동안 정말 수고 많았어. 내가 아는 최고의 직장인, 회사원은 바로 너였어."

*

내게 회사는 오래된 곳이다. 어느 한 곳을 10년 넘게 다닌 적은 처음이었다. 국민학교도 6년이었고, 군대와 휴학을 포함한 대학교도 7년이었다. 공채로 입사해서 아무 변동 없이 쭉 10년을 내리 다녔다. 변화를 싫어하고, 괜한 시도를 두려워하는 나다운 모습이었다. 긴 시간이 무색하게 아직도 매우 낯설고, 제집 같지 않다. 고

작 3년밖에 되지 않는 세월을 지낸 중·고등학교는 지금 생각해도 안방 같고 정겹다. 회사라는 곳은 도통 그렇게 되질 않았다. 단순히 돈을 내고 다니는 곳과 받고 다니는 곳의 차이였을까? 그곳에서 쌓인 시간의 무게는 그리 무겁지 않았다.

회사에 다닌다는 사실이 항상 어색했다. 아주 오래전 꽃바구니와 함께 최종 합격 소식을 듣던 순간부터 육아휴직을 떠나는 날까지 그랬다. 뭔가 있어야 할 곳이 아니라는 느낌이다. 좋아하지 않는 옷에 억지로 몸을 욱여넣은 상태라고 해야 할까. 겨울방학 동안 갑자기 확 자라난 키처럼 스스로 인지를 못 한다. 자신이 회사원이라는 감각이 없다. 이유는 여전히 잘 모르겠다. 고용된 입장으로서 긴장하며 들락날락했고, 한시라도 그곳을 빨리 빠져나오려고 했던 태도 탓인지도 모르겠다. 어정쩡한 자세로 머물렀던 시간은 익숙해질 틈 없이 많은 이야기를 남겼다. 입사 초기에는 해마다 함께했던 팀원들의 이름을 외워 버릇했었는데, 점점 늘어가면서 어려워졌다. 여러 감정을 만들어 준 다사다난했던 기억을 되살려서 곱씹을 틈 없이 새로운 일이 계속 벌어졌다.

어느 날 오랜만에 회사에 갔다. 회사와의 바쁜 인연을 접어둔 지 1년이 되어 가던 시기였다. 정확히는 회사 시스템에 접속했다. 휴직을 연장하려는 목적이 있었다. 중간중간 확인할 일이 있어서 잠깐씩 들르긴 했었으나, 무언가 일을 처리하기 위해 들어간 것은 처음이었다. 여전히 어색했지만 몸속에 쌓인 시간이 헛되진 않았는지 헤매지 않고 금방 처리했다. 복직 발령을 확인하고, 남은 휴가를 등록하고, 개인 휴직을 신청했다. 사내 메신저로 누군가와 업무 이야기를 나눈 것도 오랜만이었다. 늘 그랬듯이 회사는 스마트해 보였고 바쁘게 돌아가고 있었다. 새삼 그 모든 게 나와 멀어 보였다. 꼭 지금 쉬고 있어서는 아니었다. 직접 다닐 때도 비슷한 감정이 있었다. 본능적으로 적당한 거리감을 두는 것이 옳다고 느꼈다.

헛된 상념에 빠져있는 사이 친하게 지내던 선배가 메신저로 말을 걸었다. "석준! 복직한 거야? 업무 시간이 등록되어 로그인했길래." 어떻게 1년 만에 임시로 등록된 내 업무시간을 확인했을까? 내가 접속하면 알려주는 알람이라도 맞춰 놓았던 걸까? 그저 우연이라고 여길 수밖에 없었다. 고맙고 반가운 마음으로 인사를 나눴다. 곧이어 연락을 주고받는 동기 단톡방에서 내 이름이 나왔다. "석준이 발령 났던데 복직한 건가?" 굳이 찾아 들어가지 않으면 볼 수 없는 인사 발령 게시판을 늘 보고 있는 건가? 이것도 당연히 우연이겠거니 했다. 그들의 마음 써줌에 고마워하며 안부를 전했다.

그날 하루는 회사에 다녀온 기분이었다. 그들은 나에게 아주 잠깐의 시간을 할애하고 대부분의 시간을 바쁘게 일하는 데 보냈을 테다. 1년 만에 회사에 갔던 나에겐 그들의 연락이 전부였다. 생각해보니 회사에 익숙해진다는 건, 건물이나 시스템에 대한 게 아니었다. 옆에서 나와 같이 회사에 다니던 사람들에게 익숙해지는 게 맞는 표현 같았다. 수많은 동기, 선배, 후배와 함께하며, 그들에게 10년 동안 익숙해져 갔다. 아마 회사라는 잡을 수 없는 무언가와 익숙해지기 위해 애쓰다 포기했는지도 모르겠다. 결국 그 안에서 직접 부딪히고 느낄 수 있는 것은 사람이었는데도. 이제 회사라고 하면 빛나고 높은 빌딩을, 현란하고 편리한 사내망을 떠올리지 말아야겠다. 나를 기억하는 회사에서 만난 그들을 떠올리도록 해야겠다. 그러면 지금보다는 좀 더 익숙해지지 않을까? 파랑은 떠났지만, 난 아직 오래된 회사에 남아있다. 한결같은 낯모름을 간직한 채.

<복직과 퇴직의 저울>

일을 하고 돈을 버는 치열한 생존의 현장. 회사를 향한 반사적인 거부감으로 몸을 칭칭 감고 다녔다. 사람에 실망하고 사람에게 치일 때마다 좀 더 단단히 나를 감쌌다. 이제 한숨 돌리며 돌아보니 곁에 있는 건 함께 버텨온 사람이었다. 그 사람에 기대어 여기까지 온 줄 몰랐다. 내 마음에 남은 것은 그들뿐이었다. 그곳에 떨어져 있는 지금 더욱 분명해진다. 내가 기억하고, 나를 기억하는 인연이 앞으로 남겨갈 유일한 내 것이다.

헤어지고 나니 떠오르는 추억

원래는 기억나지 말아야 한다. 특히나 지겹고 싫어져서 헤어진 연인이라면. 겨우 1~2년 만에 그래도 이런 건 좋았었지 하면서 떠올리지 않아야 한다. 사람이란 참으로 간사한 동물이라 멀어지면 객관성을 잃는다. 치열하게 증오하던 지독한 단점은 당장 겪지 않기에 점점 희미해진다. 대신 몸이 기억하는 달콤한 감정은 처음 맛본 마약을 그리워하듯 기억을 더듬으며 느끼려 애쓴다. 가까이 있을 땐 모르던 소중함을 떨어지면 알게 되는 관계의 방식이다. 미스터리 한 점은 지금 연인과의 관계가 크게 영향을 주지 못한다는 것이다. 아무리 만족스럽고 훌륭한 시간을 보내고 있어도, 지나간 일이 기에 다시 맛볼 수 없다는 매력이 이를 넘어선다. 꼭 현재의 그가 나를 힘들고 어렵게 해야만 과거가 그리운 게 아니다. 잡을 수 없는 옛 시간이 괜스레 아름답게 느껴질 뿐이다. 가질 수 없는 것의 유혹이라고 해야 할까. 추억 놀이라는 이름으로 가끔씩 꺼내 보면 그때의 밝음이 그렇게나 반갑다. 지나고 보면 다 좋았다는 게 괜한 말이 아니다. 직접 겪으며 걸어온 시간은 본능적으로 그리 나쁘지 않게 남는 모양이다.

쉬는 동안 회사가 떠오를 줄은 몰랐다. 떠나올 땐 돌아보기도, 가까이 가기도 싫어서 몸서리쳤다. 꼭 그래야 하는 게 아니면 그쪽을 쳐다보지도 않겠다고 다짐했다. 의도가 있었든 없었든, 상처받고 지쳐 떨어졌기에 못된 애인처럼 여기며 돌아섰다. 한동안은 잠잠했다. 부재에 만족했고 평온했다. 언제 함께했었냐는 듯이 애초에 없었던 일같이 완전히 잊고 지냈다. 영원한 휴식이 아닌 시한부인 탓에 오래가진 못했다. 다가오는 약속된 재회의 시간 덕에 슬그머니 기억의 수면으로 하나둘씩 둥둥 떠올랐다. 기억의 조각들엔 신기하게 증오와 미움은 없었다. 녹아버린 건지, 무거워서 가라앉은 건지 모르겠지만. 보이는 건 애틋하고 따뜻한 녀석들뿐이었다. 좋았던 그 시절로 데려가기 충분했다.

*

많이 배우고 남겼다. 일을 알게 되었다. 보이지 않고 잡히지 않는 허공에서부터 무엇을 어떻게 시작하는지 터득했다. 처음부터 바로 되는 건 없었다. 먼저 앞서간 사람을 눈으로 따라갔다. 직접 해보면서 몸으로 익혀 갔다. 시행과 착오가 반복되면서 안에 쌓여갔다. 혼자 였다면 몇 번 하다 말았을 것도 계속해야만 했다. 고용 되어 일해야 하는 입장이 저절로 일을 배우게 했다. 혼나고, 부끄러워하고, 안타까운 상황도 자주 벌어졌지만 확실히 조금씩 나아졌다. 도망갈 곳 없이 부딪혀야만 하는 방식은 스스로를 성장시켰다. 기획하고, 계획을 세워 설명하고, 설득했다. 진행하며, 점검하고, 문제점을 살펴 대응했다. 위기에 대처하고, 수습하며, 마무리했다. 처음부터 끝까지 가르쳤다. 오랜 수련의 결과물은 깊숙이 제대로 새겨져 있다.

일에 대한 배움은 모두 사람에게서였다. 다른 사람과 지내는 법을 체득했다. 세상에 이렇게도 나와 다른 사람이 많은 줄 몰랐다. "회사에서 제일 편한 사람은 옆 팀 팀장님"이라는 말처럼 일로 만나지 않으면 다들 좋은 사람이다. 진짜는 일을 가운데 두고 마주했을 때 벌어진다. 모른 척하기, 미루기, 대답 안 하기 등 미운 사람의 특징은 끝이 없다. 먼저 나서기, 책임지기, 도와주기 등 훌륭한 사람도 많았다. 다채로운 사람과 만나면서 온갖 유형의 인간군상을 겪었다. 평생 사람과 지내며 살아야 하는 사회적 동물의 운명에 큰 도움이 되었다. 이 사람이 왜 그러는지, 저 사람이 무엇을 원하는지, 경험적 근거가 쌓여갔다. 말도 안 된다고 여겨졌던 인간도 그럴 수도 있겠다며 이해의 수준이 올라갔다. 꼭 배우고 싶은 사람을 만나면 꾹꾹 눌러 마음에 담아두기도 했다. 완전히 새로운 세상에서 수없이 다른 이를 집중적으로 강렬하게 만나는 시간은 소중했다.

그립다는 말은 지금 그럴 수 없다는 뜻과 같다. 난 혼자서 지내고 있다. 하고 싶은 일이 있으면 구상하고, 실행하고, 결과를 기다린다. 안되면 실망하고 되면 좋아한다. 깔끔하다. 다른 이와 상의할 필요가 없다. 논쟁도 도움도 응원도 없다. 가끔은 그때가 그립다. 함께 하나의 목표를 바라보고 애쓰던 날이. 치열하게 서로의 생각을 나누고 발전시켜가던 밤이. 똑같이 커다란 기대를 안고 성공을 바라던 시간이. 같이 믿어주고 도우면서 나아가는 경험은 놀라웠다. 하나의 팀으로 소속되어 모두가 조직을 위해 집중하는 순간은 경이롭기까지 했다. 함께 일하는 보람과 성취는 혼자서는 맛보기 어렵다. 문득 서로의 오른 손뼉을 마주치며 힘을 내어보고 싶다가도 어색하게 들었던 손을 얼른 내린다.

다 같이 있으면, 힘들 때 도움이 된다. 일이 잘 안 풀리면 더욱 뭉쳐서 풀어야 할 필요가 있다. 그럴 땐 모두 제쳐두고 머리를 맑게 하러 떠난다. 혼자서 하면 일탈이지만 함께라면 단합이다. 대낮에 떠났던 산책, 혼신의 힘을 다해 불렀던 노래방, 유독 즐거웠던 호프집, 당구장에서 먹는 짜장면. 그때만큼은 회사도 일도 모두 잊었다. 한바탕 놀아 제끼고 오면 일은 달라지지 않았지만, 마음이 달라져 있었다. 날아간 스트레스 덕분에 보기 싫은 일도 막막하던 일도 어떻게든 해냈다. 함께 웃고 울 수 있는 누군가가 옆에 있다는 건 큰 힘이었다. 지금은 그럴 수 없어서 그때가 그리운 것은 막기 어렵다.

아쉬움은 그때의 후회다. 난 요샛말로 프로불만러였다. 못마땅한 게 가득했다. 여태 늘어놓은 회사의 독특한 문화를 이해할 수 없었다. 회의, 보고, 야근 모두 나에겐 상식적이지 않았다. 누가 묻지 않아도 잘못된 점을 설파하며 다녔다. 하지만 그게 다였다. 불평 말고는 더 나아가지 못했다. 스스로도 아무것도 하지 않으면서 다른 이들 때문이라고 여겼다. 나는 괜찮고 정상인데 다른 사람들이 제정신이 아니라고 믿었다. 아무 행동 없는 자는 입을 다물었어야 했는데 그땐 몰랐다. 그저 피해자라고만 여기면서 억울함과 괴로움을 꺼내놓기 바빴다. 돌아보면 부끄럽다. 욕하는 것 말고는 한 게 없었다. 변화하고 나아지려면 생각과 노력을 해야 했는데 어려웠다. 당장 눈앞의 일을 쳐내기 바빴다. 지적하긴 쉽고 편했지만, 고민하고 실천을 위한 품을 들이긴 싫었다. 탓하던 누군가와 하나도 다르지 않았다. 지금 떠올리면서도 얼굴이 붉게 화끈거린다.

받은 게 많았다. 특히 위에서 알려주고 챙겨줬다. 실질적인 일의 기술부터 따뜻하게 남은 말까지 참 다정했다. 차갑고 무뚝뚝한 성격을 핑계로 받은 만큼 주지 못했다. 이렇게까지 하면 부담스럽지 않을까라는 나름의 판단도 있었다. 결국은 각자 알아서 하는 거라며 가던 길에 돌아온 적도 많았다. 나보다 남이 더 우선일 수 없었지만, 여유가 있을 때도 선뜻 나서지 않았다. 이런저런 합리적인 이유를 댔지만 결국 그렇게까지 할 필요가 있냐는 귀찮음이었다. 내게 무언가를 준 사람들은 나를 귀찮아하지 않았다. 받을 때는 몰랐는데, 주려고 하니 생각보다 번거로웠다. 받은 것의 반도, 그 반의반도 전하지 못했다. 나를 통해 전해져야 하는 따뜻함이 나 때문에 꽉 막혀 통하지 않았다. 많이 아쉽다.

*

아직 둥둥 떠 있는 짠한 기억의 조각이 많이 남아있다. 천둥벌거숭이였던 정신을 바로 잡아주었고, 가진 것 하나 없는 내게 부족함 없는 생활을 누리게 해 주었다. 사회와 세상을 알게 했고, 아내와 아이를 선물했다. 오롯이 회사 덕분은 아니었겠지만, 없었더라면 성립할 수 없었으리라. 왜 구관이 명관이며, 힘든 기억도 그리운 추억이 되는지 요즘 새삼 알게 된다. 그때를 낱낱이 살펴보며 냉정하게 바라보려 했다. 앞으로의 삶에 회사가 필요한지 꼼꼼하게 따져보고 있었다. 오늘은 잠시 날 세움을 접어 둔다. 그 시절이 내게 준 고마움이, 그리움이, 아쉬움이 크다. 지난 연인을 떠올리는 시간을 편하게 가져본다. 가끔은 이런 날도 있는 거니까.

<복직과 퇴직의 저울>

정신을 바짝 차려야겠다. 사람의 기억이란 이렇게 종잡을 수가 없다. 싫은 게 그렇게 많다더니 좋은 것도 이렇게 많았다. 잠시 잊고 있었다. 완벽한 좋음과 나쁨은 이 세상에 없다는 것을. 돌아보니 정도 많이 들었다. 시간이 쌓여 남겨진 감정은 판단을 흐리게 한다. 옳고 그름의 문제가 아니다. 오래 지냈기 때문에 그 자체로 의미를 가진다. 이번엔 잠시 내려놓고 느끼기로 했지만, 이러다 계속되면 어쩌나 걱정이다. 어느 날 갑자기 돌아가고 싶어지려나.

내가 답해야 할 질문

"돈, 시간 모두 넘쳐난다면 무슨 일을 하고 싶어?" 직장 생활이 한창이던 몇 년 전, 마음 맞는 선배가 내게 물었다. 회사 일이라면 하루가 모자랄 정도로 끊임없이 불평불만을 늘어놓던 내 혀는 턱 하고 걸렸다. 그 자리에서 아무런 대답도 못 했다. 생각지 못한 질문의 충격은 강했다. 그전까지 단 한번도 떠올리지 못한 질문이었다. '내가 좋아하고 하고 싶은 일은 무엇일까?' 그날은 회사에서도 집에서도 다른 생각을 할 수 없었다. 온종일 고민하며 잠이 들기 직전까지 괴로움에 끙끙 앓았다. 며칠이 지나도 상황은 똑같았다. 질문은 생생하게 서 있었고, 그 앞에 난 한마디의 답도 만들어 내지 못했다.

　살아오면서 어떤 일을 하고 싶다고 생각해 본 적이 없었다. 가야 한다고 해서 학교에 다녔고, 해야 한다고 해서 공부했고, 돈 벌어야 산다고 해서 직장에 다녔다. 편한 삶이었다. 고민할 필요도 없었고, 선택할 일도 없었다. 선배가 한 질문은 무미건조한 내 삶을 날카롭게 파고들었다. 바뀐 게 없는 생활에서 틈을 내기 시작했다. 도대체 무엇을 원하는지, 어떤 것에 흥미가 있는지 집요하게 물고 늘어졌다. 그때 남겨둔 고민의 흔적을 지금도 가끔씩 들춰본다. 어설프지만 흐릿하게라도 내가 담겨 있어서 나를 바라보는 데 도움 된다. 가지고 싶은 직업, 해보고 싶은 공부, 저질러 보고 싶은 사업, 죽기 전에 해보고 싶은 것. 못해보고 가져보지 못한 게 이렇게 많았을까 싶을 정도로 가지각색으로 줄줄이 늘어졌다. 뚜렷하고 일관되게 관통하는 특징이 있었다. 무엇을 하더라도 억지로 하고 싶지 않았다. 원하지 않지만 남이 시켜서 하는 일, 목적과 의미 없이 어쩔 수 없이 하는 일이 아닌 원하는 것을 원할 때 하는 일을 하고 싶었다.

＊

함께한 팀장 중에 탈출을 입에 달고 사는 분이 있었다. "한번 사는 인생 이렇게 살아봐야 하지 않겠니?"라며 영업 관리하던 대리점 사장을 보면서 하던 말이다. 출·퇴근 시간도 자유롭고, 자기 사업을 하는 자영업을 늘 동경했다. 꽉꽉한 회사에 속해있는 회사원이 말랑말랑해 보이는 개인 사장을 부러워하는 것은 습관이다. 그분은 곧 습관을 깨고 나가서 꿈을 이루었다. 원래도 말만 하던 사람이 아니었기에 모두 고개를 끄덕이고 축하했다. 요즘은 N잡러가 기본이라고 한다. 하나의 일만 하는 사람이 드물다고 한다. 본업이 있어도 다른 부업을 가지려 노력한다. 돈을 더 벌고 싶든, 재미를 찾고 싶든, 원하는 것을 위해 적극적으로 움직인다. 물론 이것도 남보다 자신을 더 들여다보고 한 발 더 앞선 사람이야기다. 이도 저도 아닌 사람은 여전히 본업의 목줄에 매여서 한숨과 욕만 내뱉고 있다.

부끄럽지만 나도 다를 바 없다. 머리를 내려친 질문을 받아 든 지 몇 년이 지났지만, 시작한 게 없다. 그나마 위안을 삼는다면 답을 하기 위해 멈춘 결정이다. 억지로 하는 일을 잡고 있으면서 다른 생각과 행동의 시도를 하기엔 역부족이었다. 시동이 늦게 걸리는 날 위해 멀리 떨어져서 멍한 시간을 가지며 정리하는 시간을 가졌다. 하루를 시작하면서 남겨진 그 질문을 매일 던진다. 쭈뼛쭈뼛 버벅대다가 오늘은 이쯤 하자고 접어둔다. 묻고 기다리며 보낸 하루하루가 꽤 쌓였다. 이젠 명확히 나만의 대답을 할 수 있을까? 돈 걱정, 시간 걱정이 없다면 무엇을 해야 할까.

일과 놀이의 차이는 뭘까? 먼저 이 구분이 필요했다. 왜냐하면 자꾸 늘어놓는 것이 죄다 '남은 인생 놀다 죽자.'로 귀결되었기 때문이다. 둘 사이의 차이를 '고통'과 '돈'으로 파악했다. 둘 다 재미와 성취는 있다. 다만 일은 고통스럽고 그만큼의 수익이 따른다. 놀며 즐기던 취미가 일이 되면 싫어지는 이유다. 보기만 해도 즐겁던 게 진저리 치게 된다. 힘들어지는 양만큼 통장엔 돈이 들어온다. 벌이의 많고 적음은 신경 쓰지 않기로 했다. 어차피 떠나기 전에 모두 나누고 가기로 했으니까. 결국 일은 고통을 흔쾌히 감내할 수 있는 선택이 되어야 한다. 웃으며 품을 수 있는 괴로움과 아픔은 뭘 해야 받을 수 있을까?

쉬는 동안 글을 썼다. 시간이 있어서 쓰고, 할 말이 많아서 썼다. 일상, 생각, 감정, 느낌. 내 안과 밖에 있는 것에 대해 기록했다. 누구도 시키지 않았지만 재미있었고, 이루어 가는 것도 보였다. 스스로 읽는 맛도 있었고, 남이 읽어주는 보람도 있었다. 점점 더 많은 사람의 관심을 받을수록 빠져들었다. 나만의 놀이로 돈을 벌 기회가 생겼다. 쓰는 글로 원고료를 받았고, 만든 책으로 인세를 받았다. 글과 책 덕분에 인터뷰에 나가 출연료를, 강연을 하고 강의료를 받았다. 놀이가 일이 된 순간이었다. 쓰면서 처음으로 힘들었다. 대가로 측정된 가치를 위해 텍스트를 쏟아내는 게 괴로웠다. 그 고통이 싫진 않았다. 분명히 난 즐기고 있었다.

글 쓰는 일을 업으로 삼겠다는 말이 아니다. 처음 해본 경험은 세상에 '하고 싶은 일'이라는 게 존재할 수 있겠구나 하는 실마리였다. 한창 퇴사와 이직을 고민하며 기웃거릴 때 남은 말이 있다. "직장인이 되지 말고, 직업인이 되어야 한다."가 그것이다. 직장인은 속해 있는 곳이 중심이지만, 직업인은 가진 능력이 핵심이다. 결국 나만의 일을 찾아야 한다는 뜻이다. 일은 노동이다. 몸을 움직이고 머리를 쓰는 행위는 힘들다. 힘듦을 기꺼이 겪으려면 의미가 필요하다. 살면서 스스로 어떤 사람인지 깨닫는 순간이 종종 있다. 가족과 애인과 싸울 때라든지, 어려운 사람을 발견했을 때라든지. 일하는 시간 속에서도 내가 보인다. 일을 같이 해봐야 어떤 사람인지 알 수 있다는 말도 같은 맥락이다. 자신을 알아가는 게 우리의 인생이라면, 일은 빼놓을 수 없는 핵심 도구다. 인생에 의미를 부여하는 일의 중심축은 본인이 되는 게 맞다. 어떤 일이든 고통은 빠지지 않겠지만.

*

지금도 시원하게 "그래서 넌 뭐하고 싶은데?"에 답을 못한다. 워낙 답답하고 느린 탓이다. 쉬어가는 기간 속에 하나는 분명하게 배웠다. 내겐 자유가 있다. 고통을 선택할 수 있는 자유. 어떤 일을 해도 힘들지만, 힘듦이 무엇일지는 고를 수 있다. 하고 싶은 일을 한다는 건 결국 자유롭게 산다는 말이다. 자유에는 남이 없고 자신만 있다. 세상과 남의 눈에 얽매이지 않고, 내 마음과 생각을 중심으로 사는 거다. 엄청 멋져 보이지만 이게 다가 아니라는 것도 깨달았다. 자유롭게 살면 책임이 따른다. 선택한 일로 벌어지는 결과는 스스로 감당해야 한다. 거기엔 절망, 실패, 좌절도 포함된다. 안타깝지만 그럴 확률이 매우 높다. 내 결정이기에 남을 탓할 순 없다. 배짱이 부족한 대부분의 우리는 책임이라는 무거운 짐을 지느니 자유 따위는 쉽게 버리고 만다. 훨씬 편하게 누군가의 지배를 당하거나 결정에 맡기는 데 익숙하다. 내가 여태 쉽고 안락하게 살아왔다. 자유 의지를 묻는 송곳 같은 질문에 겁이 나서 답을 하지 못했다. 무어라도 뱉어내면 담겨 돌아올 위험이 두려웠다.

답을 찾아가는 지금도 시키는 대로 하고 싶은 마음이 매번 솟아난다. 꼭 좋아하는 일을 해야 할까? 싫어도 본업은 유지하고, 남는 시간을 활용하면 안 될까? 뻔히 보이는 위험은 피해야 하지 않을까? 회사 이야기를 시작한 것도 답답한 마음에서부터였다. 돌아갈 시간은 다가오고 결정은 해야 하는데 어쩔 줄을 몰랐다. 복귀하면 편하게 주저앉을 게 뻔하다. 나름 치열했던 고민의 시간은 생각나지도 않을 거다. 정신없이 오가며 끊어지지 않는 월급에 자족하면서 위안을 삼을 테다. 남들보단 안정적이네, 한 푼이라도 더 벌면 되었네 하면서. 그게 너무 보여서 내게 졸라야 했다. 정말 다시 돌아가도 되냐고. 고민의 시간은 아무런 영향을 끼치지 못 했냐고. 지나고 나면 이렇게 떼쓰고 애쓰던 나도 한패가 돼버릴 거라서 급하게 붙잡아 본다.

아마 글을 쓰고 있는 나만큼 여기까지 와서 읽고 있

는 사람도 답답함이 많을 테다. 나와 똑같이 지금 하는 일에 의문이 한가득일 텐데, 뭔가 이 일 말고 다른 일을 해야 할 것 같은데, 그저 돈 벌기 위해 매달려있는 거 말고 나를 위한 일을 해야 할 것 같은데, 스스로 무슨 생각을 하고 있고 무엇을 원하는지 알고 싶을 것이다. 머리통을 붙잡고 고민하며 써 내려가는 이 녀석이 결국 어떻게 결론 내리는지 궁금해서 함께 머물러 있을 테다. 어쩌면 어떤 일을 시도하느냐는 관심사가 아닐 수도 있겠다. 글을 쓰겠다고 하든, 가게를 차리겠다고 하든, 전업주부로 자리매김하든 말이다. 지금의 끌려다니는 삶을 끊을 수 있을까만 궁금해할지도. 재미없다던 일을 그만두느냐 마느냐만 중요할지도 모르겠다. 나도 그게 제일 알고 싶다. 그 뒤의 백지는 마음껏 칠했다 지웠다 할 수 있을 것 같다. 지금 걸려 있는 한껏 멋 부린 그림을 미련 없이 떼어낼 수 있는지가 관건이다.

*

"배부른 소리 하고 있네."라며 당장 먹고살기도 바쁜데 무슨 좋아하는 일 타령이냐고 할 수 있다. 현실적인 지적이다. 오늘 먹을 밥이 없는데 내일의 꿈을 좇는 건 몽상이다. 그래도 감히 상상해본다. 정말 우리가 고를 수 있는 여력이 없는 걸까. 극단적이지만 '싫어하는 일을 하며 적당히 먹고살며 평생 불평하는 삶'과 '좋아하는 일을 하며 조금 배고프지만 행복하게 사는 삶'이 우리 앞에 늘 놓여 있지 않을까? 외면하고 있을 뿐 분명히 다른 삶도 존재하지 않을지. 변화를 위한 행동 없이 지겹게 투덜대며 매번 이런 생각을 해왔다. '아무리 마음에 안 든다고 떠들어도 그대로 지낸다는 것은 결국 지금이 제일 지낼만하고 편하기 때문이지. 불평불만은 그냥 합리화를 위한 연극이야.'라고. 진짜로 원하는 게 있고 달라지길 바란다면 행동한다. 이게 아니다 싶으면 과감히 선택하고 뛰쳐나간다. 난 그 경계까지 왔다. 내 안에서 변화를 바라는 것을 알게 되었고, 움직이기 직전이다. 꼼꼼하고 치밀해야 한다는 이유로 뒤를 살펴보고 있지만, 사실이 아니다. 대범하지 못한 성격 탓에 스스로를 끊임없이 설득할 과정이 필요해서다. 중대한 결정일수록 너무 많은 고민은 독이지만 쉽지 않다.

오늘 새벽도 이 글을 쓰며 스스로에게 질문을 던진다. 넌 무엇을 하며 남은 시간을 보내고 싶은 거니? 어떻게 살면 뒤를 돌아보지 않고 나아갈 수 있겠니? 눈 감을 때 아쉬워할 하지 못한 일이 뭐겠니? 살아보니 남이 물어본 적은 많았지만 내가 물은 적은 없었다. 타인의 질문에 답하다 보면 설명하고 변명하느라 바쁘다. 내가 건네는 질문만이 오직 나를 움직이게 만든다. 내일을 묻는 삶의 관심은 오늘의 나를 행동하게 만든다. 아직 오지 않은 희망은 지금을 옳게 사용토록 한다. 나는 답을 꼭 찾는다.

<복직과 퇴직의 저울>

아무도 내게 진짜로 원하는 게 무엇인지 물어본 적이 없었다. 나도 궁금해 본 적이 없으니 타인의 무관심은 당연했다. 돌아보니 해야만 하는 일이 원하는 일이라고 믿었다. 니즈(Needs)와 원츠(Wants)를 구분하지 못했다. 필요한 거 말고 하고 싶은 것을 찾고 있다. 내 인생의 다음에 올 시간은 그것으로 가득 차길 바라며.

돌아갈 곳이 있는 자의 슬픔

어느 곳에 속해있는 채로 오래 떠나 있다. 대학 시절 군대의 떠남도 꽤 길었지만, 복학이 정해져 있었다. 제대 후의 복학과 다르지 않게 나의 복귀를 기정사실로 여기는 동료들이 종종 묻는다. "그래서 언제 돌아오는 거죠?" 어쩌다 묻는 안부 끝에 도달하는 지점이 하나같이 정해져 있다. 휴직 초반에는 "아직 덜 쉬어서 좀 더 쉬어 보려고요."라고 둘러댈 정도로 얼마 되지 않은 기간이라 묻는 이도 대답하는 나도 어색하지 않았다. 휴직이 길어질수록 대답은 궁색해져 간다. "가야 할 때가 되면 가야겠죠? 계속 놀다 보니 돌아가서 일할 수 있을지 모르겠네요. 하하."처럼. 누군가에겐 곧 돌아간다는 대답으로 비치기도 한다. 같은 층에 있다는 예전 상사는 내일이라도 만날 것처럼 오는 대로 차 마시자고 인사를 전한다. 다른 이에게는 당장은 안 오겠다는 눈치로 보여 남은 동안 즐겁게 보내라며 돌아가 준다. 복귀시기를 묻는 이의 진심이 궁금하다. 호기심 뒤엔 뭐가 있을까. "건강하세요."와 같은 대화 끝에 붙는 인사일 뿐일까. 정말로 알고 싶은 건 '혹시 오지 않을 방법을 찾았나?'려나.

*

복직을 해본 적이 없다. 주변에서 출산 휴가나 육아 휴직을 마치고 돌아온 여성 동료는 종종 봐왔다. 남에게 무관심한 탓에 그들이 어떤 심정으로 돌아와 적응하는지 살핀 적이 없다. 가까이에서 1년 넘게 쉬고 회사로 돌아가는 아내에게도 그랬다. 무슨 마음으로 돌아가는지 궁금해하지도, 걱정하지도 않았다. 복직 전에 불안해하는 아내를 보며 오히려 의아해했다. '일 하루 이틀 하는 것도 아닌데 그냥 하던 대로 하면 되는 거 아닌가?' 쌀쌀맞은 생각을 한 것은 분명한데, 입 밖으로도 꺼냈는지는 확실치 않다. 확실한 것은 아내의 심정을 이해하려고도, 위로해주려고도 하지 않았다는 점이다. 그랬던 내가 요즘 싱숭생숭하다. 돌아감을 앞둔 천생 직장인은 멀쩡하기 어렵구나 하고 새삼 깨닫는다. 그때의 아내에게 미안해지는 순간이다. 벌어지지 않은 탓에 아직 정확히 복직의 기분을 모른다. 군 제대 후, 어리바리한 복학생으로 수업을 듣던 그때와 그나마 비슷하겠거니 한다. 신입생 때는 수업자료를 나눠줬는데, 자꾸 '어디'에서 자료를 받아오라고 했다. 그 어디라는 이름이 생소했지만, 물어볼 곳 없는 나이 많은 복학생은 고생이 많았다. 초록 창에 검색해도 안 나와서 몇 주를 빈손으로 강의를 들었다. 뒤늦게 알고 보니 학교 내부 사이트를 일컫는 용어였다. 올려준 파일을 확인해서 출력해오는 방식으로 바뀐 지 오래였다. 나 빼고 다 아는 상식을 알게 된 학기 중반에 어찌나 허망하고 부끄럽던지. 회사로 돌아가서 맞이할 또 다른 웃픈 상황이 반갑지만은 않다.

일하는 건 겁나지 않는다. 실력이 녹슬지 않았다고 뽐내는 이야기가 아니다. 일은 그냥 하면 된다. 짜이고 계획된 기계처럼 주어진 일을 해내는 데는 자신이 있다. 가끔은 작은 일에도 기필코 몰두하고 매달리는 모습을 보면, 일하려고 태어났나 싶기도 하다. 오히려 일할 때는 별다른 걱정이 없다. 집중해 있는 동안은 다른 생각이 나지 않아 마음이 편해진다. 일이 있으면 하면 된다. 눈앞에 떠오르는 걱정은 새로운 것이다. 회사에서 자리를 지킬 달라진 마음과 영혼을 떠올려 본다. 억지스러움 없이 자유로움으로 가득했던 지금을 살다가 답답한 의자에 어떻게 앉아 있을까? 상상을 해본다. 복잡한 출근길을, 형식적인 아침 인사를, 눈치 가득한 퇴근을, 그리고 짧디짧은 주말을. 예전엔 지금을 몰랐기에 쉬웠다. 다른 세상을 모르는 자는 아쉬울 것도 그리울 것도 없다. 알아버린 나는 다르다. 회사는 아무 잘못이 없다. 예전과 지금도 묵묵히 앞으로도 그대로일 것이다. 달라진 건 나뿐이다. 그게 지금의 문제다.

만약 돌아갈 곳이 없었다면 어땠을까. 돌아가야 하나 말아야 하나라는 고민을 줄였다면 더 좋았을까? 내일은 어떻게 살아갈 것인지 하루하루 더 치열하게 고민했을까? 하고 싶은 일, 살고 싶은 인생은 무엇일지 좀 더 자유롭게 그려볼 수 있지 않았을까? 어쩌면 가진 카드가 있어서 마음이 편한지도 모르겠다. 복직과 퇴직의 갈림길에 서있는 것 자체가 행복한 고민이라고 여길 수 있겠다. 한 치 앞을 모르는 내일이라서, 멈출 때도 손에 가진 것을 꼭 쥐고 앉았다. 뒤가 없는 배수진이 꼭 최고의 결과만을 주지 않는다고 설득했다. '이것도 저것도 아니면 돌아가지 뭐.'라는 따뜻하게 머물러 있는 선택지는 내적 갈등을 편하게 가라앉힌다. 지금이라도 돌아가고 싶거나, 그래야 한다면 당장이라도 갈 수 있다. 갈팡질팡 답답해하던 시간은 바로 무색해지겠지만. '쳇, 어차피 돌아갈 거였으면서.'라고 내뱉으며.

*

다시 한번 언제 올 거냐는 질문을 떠올려 본다. 아무래도 시기를 묻는 이유가 무조건 돌아온다고 굳게 믿어서인 것 같다. 혹시 돌아와서 지낼 나에 대한 걱정이 담긴 것은 아닐지. 쉬다 온 자에게 돌아올 보이지 않는 냉대가 그려진다. 애 본다고 놀다 온 사람이라는 딱지가 붙을 게 예상된다. 승진은 물 건너갔으니 자리나 지키면서 월급이나 따박따박 받아 가려는 이로 보일 게 분명하다. 던져지는 낮은 기대에 몸은 편하겠지만, 마음이 괜찮을지 모르겠다. 실제로 주지 않아도 만들어 낼 불편한 시선을 받아낼 수 있을까? 떠나기 전과 달라진 내가 아무렇지 않게 살아갈 수 있을까? 이해가 어렵고 때론 한심하게까지 보였던 힘없는 선배처럼 돼버릴 수 있을까? 누구도 찾지 않는 필요 없는 인형처럼 보내는 시간을 용납할 수 있을까? 질문의 가짓수와 강도는 쉬는 기간이 길어질수록 늘어나고 강해진다. 생각 없던 시간은 짧아지고 답 없는 고민의 시간이 길어진다.

돌아갈 곳이 있어 슬프다. 기댈 곳이 떡하니 있어 편하기만 한 내가 안쓰럽다. 애초부터 그럴 생각이었는지 스스로도 의심스럽다. 벌려놓은 생각과 걱정이 애초에 다 거짓부렁이었나 싶을 정도로. 이미 놓여있는 길을 부정하고 싶다. 남이 만들어 준 방법 말고, 내가 만들어 낸 나만의 답을 찾고 싶다. 새로움을 위한 고통 옆에 번드르르하게 걸려있는 말끔한 녀석을 외면하기 어렵다. 벌써부터 돌아가서 잘할 수 있으려나로 뻗어나가는 생각을 막기 쉽지 않다. 적당히 맞춰 지내면서 알맞게 즐기며 살면 낫지 않을까 설득하는 내가 무섭다. 글은 여기서 끝이 난다. 결말만 남았다.

<복직과 퇴직의 저울>

쉬는 동안 든든했다. 둘러댈 핑계가 떡 하니 있으니 손쉬운 생활이었다. 다음에 대해 물으면 갈 곳이 정해진 것처럼 답했다. 이게 맞나 하는 의문이 생기면서 편함이 굴레로 변했다. 요즘엔 이게 없었다면 더 자유로웠을 거라며 탓하는 대상으로 전락했다. 이 핑계를 저 핑계로 바꿔 사용하는 셈이다. 중요한 건 의지인데, 이미 기대는 데 익숙해졌다. 언제쯤 혼자서 바로 설 수 있을까. 결국 남은 질문은 이거 하나다.

PART ∞

고민의
끝에서

오늘부터 모두 결말

영상물을 기피한다. 유튜브로 통하는 시대에 괴이한 고집이다. 멍하니 화면 앞에 있는 내 모습이 싫다. 편한 시청보다는 괴로운 독서나 잡생각을 즐긴다. 아니면 잔다. 제일 좋아하는 휴식은 눈을 감고 정신을 놓아버리는 잠이다. 이리도 각박한 내게 자극적인 예능 프로는 닿기 어렵다. 인간적인 면을 유지하기 위해 하나의 틈은 남겨 놓았다. 당길 때면 적극적으로 나서서 찾아보는 방송이 있다. 반복도 싫어하지만 수도 없이 돌려 보는 시리즈다. 바로 MBC 〈무한도전〉에서 기획한 '무한 상사'. 자연스럽고 원초적인 웃음을 선사한다. 진짜 웃겨서 웃는 게 아니다. 장면 속의 상황을 속속들이 알고 있기 때문이다. 치열하게 만들어진 우스운 상황이 내가 들어있는 현실과 차이가 없어서 웃는다. 회사는 삶이다. 작은 화면 속에 그려지는 직장인의 모습은 우리가 살아가는 모습이다. 남의 삶 같지 않아서 가끔 찾아보며 나를 위로한다. 일을 쉬는 중에도 회사가 어떤 방식으로든 떠오르면, 유일하게 보는 영상에 나를 밀어 넣었다. 한바탕 웃고 나면 좀 풀렸다. 웃음의 마지막엔 언젠가 저 안에 돌아가야 한다는 상상이 엄습해왔다. 그럴 때면 다시 현실을 잊기 위해 습관처럼 허구를 찾아갔다.

회사 이야기를 쓰기 시작하면서 소설 같은 영상을 더이상 찾지 않았다. 더 가깝고 낯익은 장면을 글자로 옮기면서 멀리 남의 것을 찾을 필요가 없어졌다. 확실히 자기 일을 직접 쓰는 건 남의 걸 바라보는 것과 달랐다. 마냥 웃을 수도 울 수도 없는 복잡하고 다양한 실이 엉켜있었다. 꺼내 보지 않았다면 몰랐을 신선한 감정과 생각도 자주 만났다. 지난 나를 다시 쓰는 시간이자, 다음의 나를 준비하는 순간이었다. 삶이 회사였던 과거를 치밀하게 파고들었다.

꺼내고자 하는 것을 모두 꺼냈다. 꺼내기 위함이 아닌 구하기 위함이었다. 품었던 질문의 답을 구하고자 했고, 이로써 내일도 구해지길 바랐다. 회사는 내게 어떤 곳인지 의미를 찾아보고 돌아가야 할 것인지 알기를 원했다. 집요하게 파고들수록 처음의 목적보다는 그 자체에 빠져들었다. 그동안 진짜 내 모습이 아니라고 외면해왔던 그때엔 내가 실재했다. 처음의 설레는 마음부터 겪었던 갈등과 고민, 느꼈던 기쁨과 슬픔까지. 그때를 빼놓고는 나를 이야기할 수 없다는 확신이 깊어갔다. 쓰면 쓸수록 성장과 변화가 담긴 그곳이 순전히 원망스럽지만은 않았다. 지나가 버린 시간은 각각 의미가 있었다. 돌아보길 꺼려한 과거 덕분에 지금 이 자리에 있을 수 있다. 감정에 휩쓸리고, 객관적이기 어려웠던 시절에는 알 수 없었다. 힘들고 질리면 쉽게 탓하고 핑계를 댔다. 떨어져 나와 중간지대에서 바라보니 꼭 그렇진 않았다. 단순히 좋고 나쁘다로 딱 잘라 구분할 수 없었다.

원래는 '희로애락', 그러니까 기쁜 일, 화난 일, 슬픈 일, 즐거운 일로 자로 잰 듯 나누어 적으려 시도했었다.

애초부터 불가능했다. 칼로 깔끔하게 잘리는 인생의 순간은 없었다. 작은 것 하나에도 여러 감정이 덕지덕지 붙어있었다. 너는 착하고, 너는 악하다고 이름표를 붙일 수 없었다. 그때는 이랬지만 지금은 저런 놈도 있었고, 저렇게 보이다가도 갑자기 이렇게 보이기도 했다. 명확한 정의를 내릴 수 있는 학문의 세계가 아니었다. 회사 이야기는 결국 인생 이야기였다. 어느 인생을 정확히 편을 나누어서 정리할 수 있을까. 하루에도 수백 번 기분의 변화를 겪는 일상이 과거에도 그대로 묻어있었다.

하나의 글을 마칠 때마다 기울였던 저울도 도통 말을 듣지 않았다. 처음의 속마음은 기우는 결과를 모아서 편하게 결정에 쓰려는 얕은수였다. 완전히 실패했다. 완벽한 결과는 없었다. 이거다 하고 딱 정해지는 일은 없었다. 안일했다. 어제 태어난 사람도 아닌데, 복잡한 세상에서 그런 단순함을 기대했던 스스로가 놀랍다. 언제나 결정은 단순하지만, 고민의 과정은 그렇지 않다. 그동안 해오던 모든 선택이 그랬다. 어디에나 장단점과 명암이 있었다. 갈 수 있는 길은 가려진 수풀 속에 숨어 하나지만, 안에 숨어 따져봐야 할 것은 늘 나를 뒤덮고도 남았다.

'왜 회사에 다녀야 하는가?'라는 의문은 '회사에 가지 않고 살아갈 수 있는가?'와 같았다. 분명히 그곳에서 얻을 수 있는 장점과 이점이 있다. 없었더라면 10년을 하루 같이 매일 향하지 않았으리라. 앞으로도 그럴 건지 결정을 내려야 하는 순간이다. 처음 입사할 때는 지금과 달랐다. 이 질문의 존재를 모르고 살았다. 그곳만이 길이었고 다른 길은 몰랐다. 가지 않으면 오지 말라고 할 것 같아서 매달렸다. 덕분에 쌓인 답답함과 괴로움이 터져 나왔다. 멈춰 선 지금은 다른 길도 있음을 안다. 어느 날 갑자기 깨달은 게 아니다. 막혀있던 지난 시간이 있었기에 가능해진 몸부림이다. 과거를 모두 쏟아 뱉어내고 나니 깨달았다. 그때가 없었다면 지금의 내가 없었다. 쉽게 던져댄 욕으로 더러워진 과정이 소중해졌다. 어떤 마음의 정함은 바로 그 전까지의 고민이 있어서다. 지금 내리는 결정으로 지난 시간은 가치를 얻는다.

*

　학창 시절 멋모르고 외웠던 소설의 5단계가 있다. '발단, 전개, 위기, 절정, 결말'. 급한 성격 탓에 결말만 궁금했다. 앞에서 무슨 난리를 치더라도 결국 마지막만 중요한 게 아닌가 하는 생각이 앞섰다. 처음부터 나아가며 오르락내리락하는 상황 속에서도 그저 끝만 찾았다. 결말을 알고 나면 후련해지기도 하고, 충격으로 먹먹해지기도 했다. 그때까지도 마지막에 쓰인 내용 때문이겠거니 했다. 내 이야기를 늘어놓고 보니 이제야 알았다. 결말은 그 전까지의 단계가 있었기에 의미를 가졌다. 결말만 남겨놓은 지금이 그렇다. 어떤 이야기가 뒤에 와도 충분한 감동을 줄 거라 믿는다.

　뒤돌아보기는 끝났다. 덕분에 확실해진 게 두 가지 있다. 먼저 빠짐없이 살펴본 만큼 어떤 길로 가더라도 후회는 없다. 갑자기 무언가 떠올라 '아, 맞다. 이런 것도 있었는데…….'라고 하지 않겠다. 지금까지 남아있지 않고 떠오르지 않는 것은 중요하지 않아서다. 나머지는 더 이상 억지로 질질 끌려가지 않을 수 있다는 확신이다. 내 마음은 내가 판단해서 하고 싶은 것을 행동으로 옮긴다. 남은 생은 그렇게 살기로 했다. 돌아보니 스스로 살아온 시간만 진짜였다. 가짜를 경험하는 건 이미 충분하다. 남은 것은 어제가 아닌 오늘과 내일이다. 어떤 소설보다도 이번만큼 결말이 기대된 적은 없었다. 눈앞에 놓인 새하얀 다음이 막막함이 아닌 호기심으로 빛난다. 오늘부터가 모두 결말이다. 어떤 지난날보다도 흥미진진할 것을 믿으며.

대답을 듣고 싶었던 당신에게

어쩌면 당신은 동그랗게 뜬 눈으로 "이게 끝이야?"라고 할지도 모르겠네요. 맞아요. 지금은 이게 다예요. 저는 여전히 휴직 상태고 확정을 하기 전입니다. 아마 쉽게 결론을 내릴 수 있었다면 이 책은 세상에 나오지 않았을 거예요. 고민이 깊어질수록 어쩔 줄 몰라 하며 불안과 걱정 속에 써 내려갔으니까요. 답답한 마음을 풀어놓자 후련하고 편안해졌어요. 그곳에서의 길고 긴 세월을 쓰면 쓸수록 알게 되었죠. 어느 쪽이든 정하려는 결단이 삶을 단칼에 잘라내진 않겠구나 하고요.

인생 전체에서 크게 바라보면, 어떤 선택도 거기서 뚝 하고 끊어지는 게 아닙니다. 졸업, 취업, 결혼, 육아, 휴직. 돌아보면 인상 깊은 결과도 그것만으로 끝나지 않았어요. 그다음에 또 다른 과정으로 이어져갔죠. 우리의 모든 결정은 단절이 아닌 멈추지 않는 과정 아닐까요. 이런 생각이 스며들자 마음가짐이 바뀌었어요. 돌이킬 수 없는 결과를 향한 막연한 불안보다는 어렵게 선택한 길의 다음 풍경을 기대하게 되었습니다. 미지의 영역인 내일은 변하지 않았지만, 문을 열고 맞이하는 자세가 변한 거죠. 현재 고개를 갸웃거리며 따져보는 고통의 순간이 앞으로 어떤 미래를 가져올지 호기심이 커진 셈이지요. 당장 이거다 저거다 정하려고 조급하지 않게 되었어요. 지금의 미완성인 디딤발도 그것대로 의미를 가진다고 믿게 되었죠. 어디로든 마음이 기울면 바로 내디딜 수 있게 준비해나간다고요. 또한 어떤 결정이라도 당당히 받아들일 자신이 생겼어요. 그게 제가 스스로 내린 거라면요. 기대하는 만큼 책임도 질 수 있는 용기를 키웠습니다.

회사 이야기는 오래 간직하고 있던 구상이에요. 꼭 책이 아니더라도 인생을 정리하는 차원으로 남겨두고 싶었어요. 마침 휴직에 들어가면서 쌓이고 쌓인 10년의 기록을 풀어놓을 기회를 맞이했지요. 글을 쓰고 싶다는 바람과 함께 기획을 시작했습니다. 천천히 그곳에서 있었던 일을 하나씩 모아 갔어요. 같이 딸려있던 감정과 느낌도 덧붙여서요. 조금씩 에피소드를 쌓으면서 2년을 보냈습니다. 휴직의 절반이 지난 시점이 오자, 이제 써야겠다는 결심을 했습니다. 다가오는 복직과 퇴직의 갈림길에서 후회 없는 선택을 하기 위해서요. 그렇게 시작되어 한 글자 한 글자 모여 만들어진 게 마주하고 있는 이 책입니다.

재밌는 건 모든 걸 다 쏟아부은 다음에도 정답은 투명해지지 않았다는 겁니다. '짜잔' 하며 밝혀질 거라는 기대가 컸었거든요. 대신 보석 같은 삶의 진리를 깨달았습니다. 중대한 문제 앞에 서서 고민하는 과정이 중요하다는 걸요. 분명 고민은 힘들어요. 귀찮고 떨쳐버리고 싶죠. 고민 없이 저지르면 따라올 뻔한 후회 때문에 모른 척할 수도 없고요. 하지만 고민해두면 분명 티가 납니다. 해 둔 고민은 나중에 꼭 빛을 발합니다. 회사를 향한 고민을 하며 10년의 세월을 갈아 넣은 글의 마지막을 쓰는 제가 그렇게 느끼고 있습니다.

마음의 결정을 위해 몽땅 털어놓는 과정에서 원하는

바를 슬쩍 눈치챘어요. 솔직하게 글로 남긴 저만의 고민이 캄캄한 내일을 비추는 등불이 될 수 있겠다고요. 쓰는 동안 즐거웠습니다. 누가 시킨 것도 아닌데, 혼자만의 시간 속에서 글자를 늘어놓는 경험이 좋았어요. 알맞게 담아내어 다른 이에게 제대로 전달되는 성취가 행복했습니다. 처음으로 스스로 찾은 작업을 하면서 이런 게 일의 기쁨이구나 싶었습니다. 남은 인생에선 좀 더 이 재미에 빠져 살고 싶다는 희망이 솟아올랐습니다. 어렵게 만난 고되지만 달콤한 맛을 놓치고 싶지 않게 된 거죠.

앞으로 글을 쓰며 산다는 것. 가져본 장래 희망 중 제일 진심에 가까운 게 아닐까 싶습니다. 가장 현실적이기도 하겠고요. 어릴 적 가졌던 대통령이나, 커서 가졌던 로또 당첨자보다는요. 이번과 같은 고민의 시간이 없었다면 가질 수 없었겠죠. 해보지 않았다면 몰랐을 감춰진 욕망을 알게 되었습니다. 살면서 무언가에 푹 빠진 적이 잘 없었는데, 글쓰기에 완전히 매료되었습니다. 이 책이 당신 손에 들어간 뒤, 해가 바뀌고 나면 저의 다음 자리가 정해지겠네요. 돌아갔든지 떠났든지요. 그때 다시 인사를 드리면 좋겠어요. 고민 많던 사람은 이제 이렇게 살아간다고요. 지금의 다짐이 변치 않아 계속 쓴다면 다음 책으로 만날 수 있겠지요.

　이 책은 당신에게 보내는 편지입니다. '퇴사'라는 고민으로 가득한 혼잣말을 전합니다. 위문, 안부, 축하와 같이 편지에는 목적이 있습니다. 당신에게도 제가 했던 고민을 시작할 기회가 찾아가면 좋겠습니다. 바쁘게 살며 하루하루 버티기도 지치지만, 더 나은 방향으로 나아가기 위한 시간을 갖기를 원합니다. 모든 시작에는 용기가 필요하죠. 이곳까지 찾아와서 저와 마주할 정도면 충분하지 않을까요. 책을 덮고 나서 당신만의 고민을 해나가기를 바랍니다. 만족스럽지 않고 변화를 원한다면, 다른 시도를 하며 애써보는 거죠. 앞으로 어떻게 살아갈지 스스로 찾아가는 답답함을 품어보는 겁니다. 그런 과정 없이는 어떤 다음도 없을 테니까요.

　저만의 답을 찾았는지 궁금할 순 있겠지만, 사실 당신과는 상관없어요. 매정하게 들릴지라도 남이 어디에서 무엇을 하든 중요한 건 본인의 위치와 행동입니다. 조언을 받아들이든, 롤 모델을 따라 하든, 수단의 차이일 뿐 본질은 변하지 않아요. "내가 원하는 건 나만 알 수 있다. 그걸 위한 움직임도 나만 할 수 있다." 퇴사라는 고민을 받아들이고 내린 결론입니다. 회사에 있든, 밖에 있든, 일하든, 쉬든, 공부하든, 놀든, 자신만 떳떳하면 됩니다. 나만의 대답을 남에게 인정받을 필요는 없어요. 설득하며 매달릴 필요도 없고요. 제 삶은 제 마음대로 결정할 겁니다. 당신도 그러하길 바랍니다.

나만의 대답을 찾아가는
당신의 동료이자 선배이자 후배가

※ 갈팡질팡 먹고 사느라 정신없이 견뎌내는 우리에게 보탬이 되고자 합니다. 이 책에 발생하는 저작의 수익을 과로, 우울증 등으로 어려움을 겪는 직장인들을 위해 전액 기부합니다.

퇴사라는 고민

초판 1쇄 인쇄 2022년 6월 30일
초판 1쇄 발행 2022년 7월 11일

지은이   홍석준
펴낸이   김동혁
펴낸곳   강한별 출판사

기획   서가인
책임편집   윤수빈
디자인   서승연

출판등록   2019년 8월 19일 제406-2019-000089호
주   소   경기도 파주시 탄현면 헤이리마을길 21-7 3층
대표전화   010-7566-1768 팩스 031-8048-4817
이메일   wjddud0987@naver.com

ISBN 979-11-92237-07-7 (03810)
· 책 값은 뒤표지에 있습니다.
· 파본 도서는 구입하신 서점에서 교환해 드립니다.
· 이 책의 일부 또는 전부를 재사용하려면 반드시 저작권자와 강한별 출판사의 동의를
  얻어야 합니다.